Ludwig Lange

Das System der Syntax des Apollonios Dyskolos

Anatiposi

Ludwig Lange

Das System der Syntax des Apollonios Dyskolos

Unveränderter Nachdruck der Originalausgabe von 1852.

1. Auflage 2023 | ISBN: 978-3-38206-012-1

Anatiposi Verlag ist ein Imprint der Outlook Verlagsgesellschaft mbH.

Verlag: Outlook Verlag GmbH, Zeilweg 44, 60439 Frankfurt, Deutschland
Vertretungsberechtigt: E. Roepke, Zeilweg 44, 60439 Frankfurt, Deutschland
Druck: Books on Demand GmbH, In de Tarpen 42, 22848 Norderstedt, Deutschland

Das

System der Syntax

des

Apollonios Dyskolos

dargestellt

von

Dr. Ludwig Lange,

Assessor der philosophischen Facultät in Göttingen.

Göttingen,

bei Vandenhoeck und Ruprecht.

1852.

Der

dreizehnten Versammlung

deutscher

Philologen, Schulmänner und Orientalisten

in

Göttingen

gewidmet

vom Verfasser.

Das System der Syntax

des

Apollonios Dyskolos.

Der Entschluss, meine Ansicht von dem Plane der
Bücher des Apollonios Dyskolos περὶ συντάξεως für die
Oeffentlichkeit niederzuschreiben, entstand, als ich bei
fortgesetzter Lektüre immer mehr mich überzeugte, wie
sehr das richtige Verständniss des Apollonios von einer
richtigen Auffassung seines Planes im Ganzen, seines syntaktischen Systems abhängt; er reifte, als ich sah, wie
sehr dieser Plan dem Missverständnisse ausgesetzt sein
kann. Dass ich meine Abhandlung bei dieser Gelegenheit veröffentliche, geschieht, weil ich glaube voraussetzen
zu dürfen, dass bei einer Versammlung, die bei aller Verschiedenheit ihrer Elemente die Grammatik als das Haupt-
fundament ihrer wissenschaftlichen und praktischen Bestre-
bungen ansieht, der γραμματικώτατος des griechischen
Alterthums einen gegründeten Anspruch auf allseitiges
Interesse behauptet.

Mir sind nur zwei Versuche den Plan der Apollonianischen Syntax festzustellen bekannt [1]. Otto Schneider, einer der gründlichsten Kenner der griechischen Nationalgrammatiker, war in seiner Abhandlung „über die Schlussparthie der Schrift des Apollonius Dyskolus περὶ ἐπιρρημάτων" [2] genöthigt, um jene Schlussparthie als einen Theil des vierten Buches der Syntax zu erweisen, auf den Plan der Syntax einzugehen [3], und unmittelbar darauf hat Frohne in seiner Doctordissertation [4] Gelegenheit genommen, sich im vierten Exkurs, der „de interna syntaxis condicione" handelt [5], gegen die von Schneider aufgestellte

---

[1]) Die gewöhnliche Capiteleintheilung mit ihren Ueberschriften, die jedenfalls nicht von Apollonios selbst herrühren (s. Bekker zur Syntax p. 347, zu de pron. p. 196. Schneider im Rh. Mus. N. F. 3, 453, Anm. Frohne, observat. p. 25. Vgl. auch Z. f. Alterth. 1850. p. 474), kann zwar auch als ein solcher Versuch betrachtet werden; sie ist jedoch zu schlecht, als dass sie irgend welche Berücksichtigung verdiente. Die gewöhnliche Ansicht über den Plan der Syntax scheint die zu sein, die Lersch, Sprachphilosophie 2, 112, ausspricht: „mit seinem Werke περὶ συντάξεως, das beiläufig gesagt in vier Büchern die Syntax von Artikel, Pronomen, Verbum und Präposition abhandelt". Vgl. Gräfenhan, Gesch. der kl. Phil. 3, 150.

[2]) Rhein. Museum. N. F. Jahrg. 3, S. 446—59.

[3]) A. a. O. S. 455 f.

[4]) Observationes in Apollonii Dyscoli syntaxin. Bonnae 1844. 8. Vgl. Schneider's nicht zu hartes Urtheil über dieselbe in Schneidewin's Philologus 3, 755.

[5]) A. a. O. p. 14—16. Eine Skizze des Inhalts gibt derselbe auch p. 2 sqq.; er geht dabei von derselben Grundansicht wie dort aus, und ist auch da, wo er mehr auf den Gedankengang im Einzelnen eingeht, in hohem Grade unzuverlässig.

Ansicht auszusprechen. Beide haben das Richtige verfehlt;
übrigens war Schneider nur beiläufig den Gegenstand zu
erörtern veranlasst, und ging nur auf das für seinen nächsten Zweck Wichtigste näher ein; Frohne jedoch hat, trotz-
dem dass er ex professo über den Plan der Syntax zu
sprechen und Schneider zu widerlegen sich berufen glaubte,
den Irrthum Schneider's nicht an seiner wahren Stelle er-
fasst und widerlegt; vielmehr verräth er durch seine ei-
gene Darstellung fast in jeder Zeile die allergrösseste Un-
kenntniss des Apollonios. Unter solchen Umständen erfor-
dert seine Ansicht eben so wenig eine Widerlegung, als
sie dieselbe verdient; nur zur Begründung meines stren-
gen Urtheils werde ich seine nicht allzulange Auseinandersetzung unter dem Texte der meinigen gegenüberstellen.
Aber auch Schneider's Auseinandersetzung ist nicht der
Art, dass an sie, beziehungsweise in der Polemik gegen
sie, die Darlegung meiner eigenen Ansicht sich anlehnen
liesse. Es empfiehlt sich daher, den Apollonios selbst zum
Führer zu nehmen.

Die Einleitung in die Syntax (I, 1—3. p. 3—22. Bekker) ist, wie sich nicht anders erwarten lässt, mit be-
stimmter Beziehung auf den Plan des Ganzen geschrieben.
Zuvörderst gibt Apollonios sein Thema an (p. 3, 1—8).
Im Gegensatz zu der $\pi\varepsilon\varrho\grave{\iota}\ \tau\grave{\alpha}\varsigma\ \varphi\omega\nu\grave{\alpha}\varsigma\ \pi\alpha\varrho\acute{\alpha}\delta\sigma\sigma\iota\varsigma$ will er
$\tau\grave{\eta}\nu\ \grave{\varepsilon}\kappa\ \tauο\acute{\upsilon}\tau\omega\nu\ \gamma\iota\nuο\mu\acute{\varepsilon}\nu\eta\nu\ \sigma\acute{\upsilon}\nu\tau\alpha\xi\iota\nu\ \varepsilon\grave{\iota}\varsigma\ \kappa\alpha\tau\alpha\lambda\lambda\eta\lambda\acute{\sigma}\tau\eta\tau\alpha\ \tauο\tilde{\upsilon}$
$\alpha\grave{\upsilon}\tauο\tau\varepsilon\lambda ο\tilde{\upsilon}\varsigma\ \lambda\acute{\sigma}\gammaο\upsilon$ auseinandersetzen. Dieser, in der bishe-
rigen Behandlung der Grammatik noch nicht ausgeführte
Gedanke, dessen Ausführung Apollonios beiläufig [6]) wegen

---

[6]) Diess betone ich Gräfenhan's wegen, der eben hierin den
eigentlichen Zweck der Syntax sah (Gesch. der kl. Philol 3,
150). Einen andern praktischen Nutzen der syntaktischen Un-

1*

ihres Nutzens für die Erklärung der Dichtwerke empfiehlt, wird im Allgemeinen begründet als eine nothwendige Consequenz der grammatischen Untersuchungen über Laute, Silben und Wörter (p. 3, 8—4, 12). Wenn in der Verbindung der Laute zu Silben, der Silben zu Wörtern sich eine σύνταξις κατὰ τὸ δέον geltend machte, so muss eine solche auch in der Verbindung der Wörter zu Sätzen bestehen. Die Richtigkeit dieses analogischen Schlusses wird von p. 4, 12 an dadurch erwiesen, dass gezeigt wird, wie dieselben accidentiellen Erscheinungen, die bei Lauten, Silben, Wörtern vorkommen, auch in den Sätzen anerkannt werden müssen. Als solche accidentielle Erscheinungen (παρεπόμενα) werden herangezogen und mit Beispielen erläutert: 1) der διπλασιασμός p. 4, 12—21; 2) der πλεονασμός p. 4, 21—5, 10; 3) die ἐνδεία oder ἔλλειψις p. 5, 10—6, 19; 4) das Vorkommen orthographischer Fehler, dem auf dem Gebiete des Satzes der σολοικισμός entspricht p. 6, 20—7, 4; 5) die Unterscheidung präpositiver und postpositiver Elemente p. 7, 5—23; 6) die διαίρεσις und συναλοιφή p. 7, 24—8, 19; 7) die μετάθεσις p. 8, 20—28 [7]).

---

tersuchungen hebt Apollonios an einer andern Stelle hervor (p. 36, 26): καθάπερ οὖν πάμπολλός ἐστιν ἡ εὐχρηστία τῆς κατὰ τὸν Ἑλληνισμὸν παραδόσεως, κατορθοῦσα μὲν τὴν τῶν ποιημάτων ἀνάγνωσιν τήν τε ἀνὰ χεῖρα ὁμιλίαν, καὶ ἔτι ἐπικρίνουσα τὴν παρὰ τοῖς ἀρχαίοις θέσιν τῶν ὀνομάτων, τὸν αὐτὸν δὴ τρόπον καὶ ἡ προκειμένη ζήτησις τῆς καταλληλότητος τὰ ὁπωςδήποτε διαπεσόντα ἐν λόγῳ κατορθώσει

[7]) Hiernach beurtheile man die von gänzlichem Missverständniss zeugende Darstellung Frohne's. Er sagt (p. 14): „Syntaxis autem initio 1—8 de notionibus quibusdam, quae a nobis quidem in formalem grammaticae partem reiegantur,

Hiermit ist der zunächst beabsichtigte Beweis für die wissenschaftliche Berechtigung einer σύνταξις τῶν τοῦ λόγου μερῶν beendigt. Was nun mit cap. 3. p. 9, 1 folgt, schliesst sich zwar in der parallelisirenden Art der Darstellung an das Vorhergehende an; aber schon darin liegt ein Unterschied, dass nicht mehr auf den vier verschiedenen Gebieten sprachlicher Bildung: Laut, Silbe, Wort, Satz, die Vergleichung vorgenommen wird, sondern nur auf dem der Laute einerseits und dem der Wörter andererseits. Zwar hat nun bei diesem Sachverhalte das Folgende auch noch beweisende Kraft für die schon ausreichend erwiesene frühere Behauptung[8]); aber seine eigentliche Bestimmung ist darauf gerichtet, einen neuen Gedanken

---

praemeditatur, ut de literis, syllabis, vocibus, enuntiationibus deque ellipsi, pleonasmo, apocope, orthographia, soloecismo, περὶ μερισμοῦ 7, 24, de contractione 8, 1, diacresi, elocutione 9, 4. Sed in prima gravioris cujuslibet systematis inventione multa esse nondum sat discreta nec justo loco posita probe reputandum erit; id quod ex uniuscujusque doctrinae historia colligi potest. Atque res nunc ipsum commemoratas aperte confitendum est illa, quam Apollonius secutus est, ratione tractatas speciem quandam habere singularem et syntaxi parum convenientem, quum non definiantur earum notiones adjicianturque exempla, sed peragrans per eas analogia exhibeatur speciesque, quam prae se ferant syntactica." Vgl. ebend. p. 2 sq. Auch Rumpel, Casuslehre (Halle 1845) S. 14, gibt eine sehr ungenügende Darstellung von dem Inhalte der ersten Seiten des Apollonios; noch ungenügender ist Rumpel's Darstellung, insofern sie mehr als eine Inhaltsangabe der Einleitung, insofern sie eine Charakteristik der Methode des Apollonios sein will.

[8]) Auch später noch gibt Apollonios gelegentlich weitere Beweise für jene Behauptung, vgl. insbesondere p. 36, 16.

hervortreten zu lassen. Diesen Gedanken stellt Apollonios nicht als das zu Erweisende voran, wie er sonst wohl thut, sondern er lässt ihn am Ende seiner Deduktion als evidentes Resultat hervorspringen. Wir müssen diess Resultat voranstellen. Apollonius will beweisen, dass ὄνομα und ῥῆμα die ἐμψυχότατα μέρη τοῦ λόγου seien.

Er gelangt zu diesem Resultate durch eine dreifache Beweisführung. Das erste Argument schliesst sich in der Art der Ausführung, das zweite wenigstens in der Art, wie es eingeleitet wird, an das im Vorhergehenden beobachtete parallelisirende Verfahren an. Das erste dieser Argumente hat nur vorbereitende Bestimmung. Apollonios vergleicht nämlich die Eintheilung der Buchstaben (Laute) in φωνήεντα und σύμφωνα mit dem verschiedenen Werthe der Redetheile, wonach die einen für sich ῥηταί (gewissermassen Vokale) sind, während die andern nur συσση-μαίνουσιν[9]) (wie Konsonanten) p. 9, 1—10, 9. Nur vorbereitend ist diess insofern, als hiernach noch nicht ὄνομα und ῥῆμα allen übrigen Redetheilen gegenübertreten, da auch Pronomina und Adverbia unter Umständen selbständigen Sinn haben[10]).

Dagegen ist das zweite Argument erschöpfend. Apollonios schliesst nämlich aus der Thatsache der wohlbegründeten Reihenfolge der Buchstaben im Alphabet, dass auch die übliche Reihenfolge der Redetheile nicht willkür-

---

[9]) Vgl de conj. 488, 18. οἱ σύνδεσμοι συσσημαίνουσιν .... κατ' ἰδίαν οὐ ῥητοί. Bekker An. 952, 8. 13. 21. 31.

[10]) In Wirklichkeit ist aber auch diess Argument vollständig; denn scheinbar selbständige Adverbia beziehen sich auf σιγώμενα ῥήματα (de adv. 531, 7); und scheinbar selbständige Pronomina sind es eben nur, weil sie δυνάμει Nomina sind (de synt. p. 12, 6).

lich sein könne (p. 10, 10—23). Nachdem er hierauf den Gedanken, die Reihenfolge der Redetheile wissenschaftlich zu begründen, für einen wissenschaftlich berechtigten erklärt hat (p. 10, 23—11, 6), folgt der Satz: ἔστιν οὖν ἡ τάξις (sc. τῶν τοῦ λόγου μερῶν) μίμημα τοῦ αὐτοτελοῦς λόγου[11]), πάνυ ἀκριβῶς πρῶτον τὸ ὄνομα θεματίσασα, μεθ᾿ ὃ τὸ ῥῆμα, εἴ γε πᾶς λόγος ἄνευ τούτων οὐ συγκλείεται. Man sieht, dass der höhere syntaktische Werth des ὄνομα und ῥῆμα im Gegensatze zu den übrigen Redetheilen hier betont wird. Die Richtigkeit jener Behauptung wird nun durch die Zergliederung des paradigmatischen Satzes: ὁ αὐτὸς ἄνθρωπος ὀλισθήσας σήμερον κατέπεσεν, in dem alle Redetheile vorkommen, die man in Einem Satze vorbringen kann (es fehlt nämlich die Conjunction, die ihrem Wesen nach einen zweiten Satz voraussetzt), bewiesen (p. 11, 6—12, 12). Die Anführung und Zergliederung des Satzes hat keinen weiteren Zweck, als zu beweisen, dass ὄνομα und ῥῆμα den Vorrang vor den übrigen Redetheilen in der τάξις behaupten[12]). Welcher von den beiden Haupt-

---

11) Grafenhan 3, 81 gibt fälschlich τάξις wieder durch „Wortstellung oder Syntax".

12) Frohne, diesen Gedankenzusammenhang gänzlich ignorirend, äussert sich im Anschluss an die oben citirte Stelle: „Sed syntaxis ipsa incipit 11, 6, modusque, quem sequitur, fere hic est. Omnes, quas syntaxi conscribenda vult complecti, orationis partes integro aliquo, quod 11, 14, profert, enuntiato commonstrat et circumcludit: ὁ αὐτὸς ἄνθρωπος ὀλισθήσας σήμερον κατέπεσεν, de industria conjunctionem excipiens, ut cujus adjectio aliud enuntiatum postulet (ἐπεὶ προστεθεὶς ἕτερον λόγον ἀπαιτήσει). Legitur ibi primum articulus, deinde pronomen, tum substantivum, tum verbum [aber ὀλισθήσας ist μετοχή], adverbium, praepositio (κατ᾿) [also ἔπεσεν, das wirk-

redetheilen verdient nun aber den Vorrang vor dem andern? Dass er dem ὄνομα zukomme, wird p. 12, 13—13, 10 erwiesen. Sodann wird der Zweifel, ob nicht die ἀντωνυμία unmittelbar nach dem Nomen, dessen Stelle sie vertritt, zu stehen ein Recht habe, beseitigt (p. 13, 11—15, 19). Steht somit der Anfang der Reihenfolge: ὄνομα ῥῆμα fest, so ergibt sich die weitere Stellung der einzelnen Redetheile aus der Beziehung, in der sie auf jene beiden und unter einander stehen, welche Beziehungen in den Namen der Redetheile ausgesprochen sind. Es folgt also μετοχή (p. 15, 20—16, 14), ἄρθρον (16, 15—21), ἀντωνυμία (16, 22—17, 17), πρόθεσις (17, 18—18, 5), ἐπίρρημα (18, 6—11), σύνδεσμος (18, 11—17). Zwar kann die Reihenfolge der Redetheile noch ausführlicher begründet werden, fügt Apollonios hinzu (18, 18—21); aber ἐπεὶ οὐ περὶ ταύτης σκοπὸς ἡμῖν πρόκειται, αὐτοῦ που περιγραπτέον τὸν λόγον. Es kam ihm also für seine Syntax nicht sowohl auf diese Reihenfolge selbst an, als auf die Hervorhebung des höheren syntaktischen Werths des ὄνομα und ῥῆμα.

Nur wenn wir diess festhalten, erklärt sich auch der letzte Abschnitt der Einleitung, das dritte Argument eben für

---

liche Verb, welches mit ἄνθρωπος den Satz ausmacht, bleibt gänzlich ausser Acht]: atque hic verborum ordo singulas partes syntaxis et distributionem, quam Apollonius diligenter sequitur, accuratissime exhibet, nisi quod constructioni nominis [F. meint den Schluss des 3ten Buches] suam de verbo disputationem praemittit." Ausserdem freilich würde Apollonios auch rücksichtlich des Adverbs und der Präposition von der Reihenfolge jener Wörter im Satze abgewichen sein, da er im vierten Buche erst die Präposition, dann das Adverb behandelte.

jenen noch nicht von Apollonios selbst bestimmt ausgesprochenen Satz. Apollonios hält es nämlich, nach der durch die Ausführung des zweiten Argumentes erfolgten längeren Unterbrechung nicht mehr zu der parallelisirenden Darstellung zurückkehrend, für nothwendig, πρὸ τῆς κατὰ μέρος τοῦ λόγου συντάξεως die Frage zu beantworten (p. 18, 22—22, 4): τί δή ποτε τὰ πευστικὰ τῶν μορίων εἰς δύο μέρη λόγου ἐχώρησε, λέγω τὸ ὀνοματικὸν καὶ τὸ ἐπιρρηματικόν, καὶ διὰ τί οὐκ εἰς ἓν ὀνοματικὸν καὶ ἓν ἐπιρρηματικόν, ἀλλ᾽ εἰς πλείονα, οἷον τίς, ποῖος, ποστός, πηλίκος, ποδαπός· πῶς, πότε, πηνίκα, ποῦ, πῇ, πόθεν. Der Grund, warum diese Frage aufgeworfen wird, gibt sich auf das Bestimmteste in der Art der Antwort zu erkennen. Es folgt unmittelbar: ἤ καὶ αὕτη ἀπόδειξίς ἐστι τοῦ τὰ ἐμψυχότατα μέρη τοῦ λόγου δύο εἶναι, ὄνομα καὶ ῥῆμα, ἅπερ οὐκ ἐν γνώσει ὄντα τὴν κατ᾽ αὐτῶν πεῦσιν ἔχει συνεχῶς παραλαμβανομένην. Hier springt also der Gedanke auf einmal hervor, auf den, wie ich sagte, Apollonios von pag. 9 an schon hinarbeitete. Bedarf es nun noch eines äusserlichen Beweises dafür, dass auch die beiden vorhergegangenen Abschnitte hierauf abzielten, so ist derselbe in dem καὶ αὕτη enthalten, wodurch vorausgesetzt wird, dass mindestens Eine andere ἀπόδειξις schon vorangegangen war.

Jene auf die Frage gegebene Antwort wird nun durch Beispiele erläutert, und dabei die Nothwendigkeit mehrerer onomatischer und mehrerer epirrhematischer Fragwörter aus dem Vorhandensein verschiedener Accidentien des Nomens und Verbums, die unbekannt sein können, gefolgert. Hierauf wird der Uebergang zur Syntax selbst gebahnt durch folgenden einerseits abschliessenden, andererseits für das Folgende constitutiven Satz (p. 22, 5—14): Ἐπεὶ οὖν τὰ ὑπόλοιπα τῶν μερῶν τοῦ λόγου ἀνάγεται πρὸς τὴν τοῦ ῥήματος καὶ τοῦ ὀνόματος σύνταξιν, ἐξ ἧς καὶ τὴν τοῦ ὀνόματος ἔσχε θέσιν, δέον διαλαβεῖν περὶ ἑκάστου τοῦ τε παραλαμβανομένου καὶ τοῦ ἀνθυπαγομένου ἢ καὶ συμπαραλαμβανομένου, ὡς αἱ ἀντωνυμίαι ἀντὶ τῶν ὀνομάτων καὶ μετὰ τῶν ὀνομάτων, καὶ ἔτι αἱ μετοχαὶ ἀντὶ τῶν ῥημάτων καὶ μετὰ τῶν ῥημάτων, καὶ ἐπὶ τῶν ἑξῆς μερῶν τοῦ λόγου [13]). Der begründende Satz schliesst sich durch οὖν an das Vorhergehende als Schlussfolgerung an; er ist das in der That, denn es war gezeigt, dass ὄνομα und ῥῆμα die ἐμψυχότατα μέρη τοῦ λόγου seien, dass also auf sie sich alle übrigen beziehen müssen. Ausser in οὖν, welches sich auf das zweite und dritte Argument zurückbezieht, liegt auch in dem Satze ἐξ ἧς καὶ τὴν τοῦ ὀνόματος ἔσχε θέσιν eine Rückbeziehung und zwar auf das zweite Argument; denn bei der Begründung der τάξις τῶν τοῦ λόγου μερῶν war immerfort gezeigt, dass die übrigen Redetheile ihre Namen [14]) von ihrer Beziehung zu dem ὄνομα und ῥῆμα haben.— Dass in der That die Absicht des Apollonios bei der Einleitung die war, ὄνομα und ῥῆμα als die ἐμψυχότατα μέρη τοῦ λόγου darzustellen, das bestätigt

---

[13]) Dass Apollonios hier die Oekonomie der ganzen Schrift angebe, hat O. Schneider gesehen, jedoch hat er seine Folgerungen nur auf den Nachsatz δέον διαλαβεῖν gestützt, den begründenden Vordersatz mit ἐπὶ οὖν in seiner Bedeutung für die Oekonomie der Schrift übersehen. Frohne benutzt die Stelle nur für den Uebergang vom ersten zum zweiten Buche, indem er in ihr etwas findet, was vielmehr p. 95 steht, s. unten.

[14]) τὴν τοῦ ὀνόματος θέσιν, d.i. τὴν ὀνομασίαν, vgl. p. 12, 15. 13, 23. 25. 16, 1. 17, 21. 18, 7. 244, 25. 266, 15. 26⁴, 10. Derselbe Ausdruck ἡ τοῦ ὀνόματος θέσις heisst dagegen p. 13, 2. 16, 23. „die Stellung des Redetheils ὄνομα".

auch eine Stelle aus der Schrift des Apollonios περὶ ἐπιρρημάτων, von der ich mich um so mehr wundere, dass
sie Schneider übersehen hat, da er sie zum Beweise seiner Ansicht von der Schlussparthie des ἐπιρρηματικὸν be-
nutzen konnte. Sie steht p. 530, 28 Bekk. innerhalb der
Erörterung der Definition des Adverbs, wonach es κατη-
γορεῖ τῶν ἐν τοῖς ῥήμασιν ἐγκλίσεων καθόλου ἢ μερικῶς,
und heisst: ἐντελέστερον μέντοι δεδείξεται ἐν τῷ περὶ συντάξεως, ὡς τὰ μὲν θεματικώτερα [15]) [μέρη] τοῦ λόγου ὀνόματά ἐστι καὶ ῥήματα, τὰ δ' ὑπόλοιπα
τῶν μερῶν τοῦ λόγου ὡς πρὸς τὴν τούτων
εὐχρηστίαν ἀνάγεται, τὰ μὲν ἄρθρα πρὸς τὰ πτωτικὰ
ἢ ὡς πτωτικά, τὰ δὲ ἐπιρρήματα πρὸς τὰ ῥήματα, αἵ τε
προθέσεις πρὸς ἀμφότερα· διὸ καὶ μόναι ἀναστροφῆς τόνου ἔτυχον, καὶ τῇδε δύνανται συντάσσεσθαι, λέγω ὀνόμασι,
καὶ τῇδε, λέγω ῥήμασιν. εἰρήσεται δὲ καὶ πότε ἀντωνυμίαι
ἀντ' ὀνομάτων παραλαμβάνονται, τίνες δὲ ἐν τῷ καθόλου
σύνδεσμοι συνδέουσιν ὄνομα καὶ ῥῆμα καὶ τίνες εἰσὶ μερικοί. Hier ist also geradezu als Absicht der Darstellung in
der Syntax dasjenige hingestellt, was wir aus dem Gange
der Einleitung als beabsichtigtes Ziel dieser gefunden haben. Und zwar enthält der Satz, welcher die Absicht
ausspricht, sowohl den Inhalt der oben angeführten Antwort auf die Frage nach der Duplicität der Fragwörter,

---

15) In der Stelle der Syntax ἐμψυχότατα, hier θεματικώτερα, bei
Bekk. An. 844, 16. Κύρια καὶ γνησιώτατα μέρη τοῦ λόγου
τὰ δύο ταῦτα, τό γε ὄνομα καὶ ῥῆμα. ταῦτα γὰρ ἀλλήλοις συμ-
πλακέντα τέλειον λόγον καὶ ἀνελλιπῆ ἀπεργάζεται —, πάντα δὲ
τὰ ἄλλα πρὸς τὴν τελείαν σύνταξιν ἐπινενόηται. 881, 1. εἰρήκαμεν
γὰρ ὅτι τὰ κυριώτατα τῶν μερῶν τοῦ λόγου τό τε ὄνομα καὶ
τὸ ῥῆμά ἐστι, ἐπειδὴ ταῦτα ὥσπερ σῶμα καὶ ψυχὴ ὄντα ποιεῖ
τὰ ἄλλα ἐξ αὐτῶν προϊέναι καὶ φαίνεσθαι.

als auch die in dem Satze mit ἐπεὶ οὖν ausgesprochene Folgerung [16]).

Wenn es nun hiernach feststeht, dass ὄνομα und ῥῆμα die Brennpunkte in dem αὐτοτελὴς λόγος des Apollonios sind, dass alle anderen Redetheile nur durch ihre Beziehung auf sie in Betracht kommen, so ist klar, dass Ver-

---

[16]) Es würde die hierin liegende Beweiskraft für die Richtigkeit unserer Auffassung des Plans der Einleitung zur Syntax und der Syntax selbst sich noch erhöhen, wenn aus äussern Gründen bewiesen werden könnte, dass die Schrift περὶ ἐπιρρημάτων nach Vollendung der Syntax geschrieben sei. Indess das ist bei der Art und Weise, wie die alten Grammatiker von einer Schrift auf die andere verweisen, nicht möglich. (s. Lehrs, qu. epp. p. 37 f.). Die Syntax wird in der Schrift περὶ ἐπιρρ. mehrfach futurisch citirt (wie eben hier δεδείξεται, εἰρήσεται). So wenig aber diess den jüngern Ursprung der Syntax beweist, ebenso wenig beweisen Citate in Temporibus der Vergangenheit den ältern Ursprung der citirten Schrift. Denn während in der Schrift περὶ ἐπιρρ. die Syntax im Perfekt citirt wird (p. 532, 6. ἐν τῷ περὶ συντάξεως ἐκτεθείμεθα; vgl. das präsentische Citat p. 532, 30. πάλιν ἡ τοιαύτη σύνταξις διὰ πολλῶν παραθέσεων ἐν τῷ περὶ συντάξεως ἀποδίδοται), wird umgekehrt in der Syntax auch jene im Präteritum citirt (de synt. 204, 9. ὡς ἀκριβέστερον ἐν τῷ περὶ ἐπιρρημάτων ἐξεθείμεθα; vgl. 235, 8. περὶ ὧν κἂν τῷ περὶ ἐπιρρημάτων ἀπαιτοῦντος τοῦ λόγου ἐξεθείμεθα). Ein entschieden späterer Theil der Syntax selbst wird an einer früheren Stelle im Perfekt citirt: de synt. 205, 19. ἐν τῇ συνδεσμικῇ συντάξει ἐντελέστερον τὰ τοιαῦτα διδίδωκται. Sonach wage ich nicht, mich mit Bestimmtheit über das Zeitverhältniss beider Schriften auszusprechen, bemerke jedoch, dass Lehrs (a. a. O. S. 38) und Schneider (a. a. O. S. 450) die Syntax für jünger halten. Auch Frohne p. 18 (mit dem Gräfenhan 3, 351 übereinstimmt) setzt die Syntax, freilich aus zum Theil sehr schwachen Gründen, ans Ende der schriftstellerischen Thätigkeit des Apollonios.

suche zur Feststellung des Planes der Syntax scheitern mussten, die, diese hervorragende Bedeutung des ὄνομα und ῥῆμα für das System des Apollonios verkennend, in demselben für jeden der acht Redetheile einen besondern Abschnitt erwarteten [17]. Diess Missverständniss lag nahe,

---

[17] So Schneider a. a. O. S. 456. „Hier (im dritten Buche) wird zwar auch das ὄνομα vielfach berührt; allein mit dem darüber Gesagten darf die eigentliche Syntax des ὄνομα noch nicht als abgeschlossen betrachtet werden". Dabei ist gänzlich übersehen, dass gerade Buch 1 und 2 die Syntax des Nomens enthalten, da sie die Redetheile (Artikel, Pronomen) behandeln, die im nächsten syntaktischen Bezuge zum ὄνομα stehen. Ebendas.: „Die wirkliche σύνταξις τῶν ἐπιρρημάτων dagegen, die nun zunächst folgen sollte, weil auch die Adverbia μετὰ τῶν ῥημάτων συμπαραλαμβάνονται, ist wie die σύνταξις τῶν ὀνομάτων und die σύνταξις τῶν συνδέσμων nicht vorhanden". Schneider hätte consequent auch die σύνταξις τῶν μετοχῶν vermissen müssen, die aber auch vorhanden ist, s. unten S. 15 ff. Frohne, im Anschluss an die oben citirte Stelle: „Unde luculenter apparet hujus conclusionis veritas, plenum esse ac partibus suis absolutum Apollonii librum, si supra proposita enuntiatio, cujus partes tractaturus est, absoluta sit. Atque est sane absoluta; quum vocum species illis plures exstare non meminerim. [Dass er das Particip jenes Satzes für ein Verbum hält, folgeweise kein Particip hat, stört ihn nicht im Mindesten.] Quid ita? Ex singularum illius enuntiati partium consequentia atque ex ea sola declaratur etiam is, quem in tractandis syntaxis partibus secutus sit, disputandi ordo: alioquin, quorsum primum de articulo, deinde de pronomine agat etc., explicari nequeat, quoniam, quae in omni oratione primaria sunt, nomen et verbum, illis praemitti oportebat". Dass übrigens der von Frohne aus seinen (die Thatsachen verdrehenden) Prämissen gemachte Schluss auf die Vollständigkeit der Syntax keine Geltung hat, versteht sich von selbst.

da man gewohnt war, die Syntax nach den acht Redetheilen behandelt zu sehen, und diese Art der Behandlung
stillschweigend als eine Ueberlieferung des Alterthums an-
sah; aber das syntaktische System des Apollonios steht
durch die Art seiner Gliederung über dem syntaktischen
Systeme der vorbecker'schen Zeit; es steht dem Becker'-
schen Systeme weit näher, als es scheint, wenn es auch
den Begriff des Satzes (des $\alpha\dot{v}\tau\sigma\tau\epsilon\lambda\dot{\eta}\varsigma$ $\lambda\dot{o}\gamma\sigma\varsigma$) nicht mit der
einseitigen Consequenz zum Massstabe der Beurtheilung
aller sprachlichen Erscheinungen gemacht hat, wegen deren wir jetzt das Becker'sche System, als unzulänglich für
die Darstellung des eigenthümlichen Wesens und Gebrauchs
der Redetheile, verurtheilen.

Der Begriff $\sigma\dot{v}\nu\tau\alpha\xi\iota\varsigma$ setzt stets das Vorhandensein
zweier Dinge voraus, die verbunden werden sollen. Eins
von beiden ist nun bei der hervorragenden Stellung dieser
Redetheile immer $\ddot{o}\nu\sigma\mu\alpha$ oder $\dot{\rho}\tilde{\eta}\mu\alpha$, so dass also Alles,
was Apollonios auseinandersetzt, nicht bloss die Syntax
desjenigen Redetheils ist, der zunächst besprochen zu wer-
den scheint, sondern zugleich die des $\ddot{o}\nu\sigma\mu\alpha$ und $\dot{\rho}\tilde{\eta}\mu\alpha$,
beziehungsweise des Einen von Beiden. Wenn nun die
Beziehungen der übrigen Redetheile auf jene beiden so ein-
fach wären, dass die einen sich nur auf das $\ddot{o}\nu\sigma\mu\alpha$, die
andern nur auf das $\dot{\rho}\tilde{\eta}\mu\alpha$ bezögen, wie jenes etwa vom
$\ddot{\alpha}\rho\vartheta\rho\sigma\nu$, dieses vom $\dot{\epsilon}\pi\dot{\iota}\rho\rho\eta\mu\alpha$ gesagt werden kann [18]), so
würde die Anordnung der ganzen Syntax einfach sein. Sie
würde in zwei Theile zerfallen, deren erster das $\ddot{o}\nu\sigma\mu\alpha$,
deren zweiter das $\dot{\rho}\tilde{\eta}\mu\alpha$, jedes mit den in Beziehung dazu

---

[18]) Vgl. de adv. 530, 32. die Worte: $\tau\grave{\alpha}$ $\mu\grave{\epsilon}\nu$ $\ddot{\alpha}\rho\vartheta\rho\alpha$ $\pi\rho\grave{o}\varsigma$ $\tau\grave{\alpha}$ $\pi\tau\omega\tau\iota\kappa\grave{\alpha}$
$\ddot{\eta}$ $\dot{\omega}\varsigma$ $\pi\tau\omega\tau\iota\kappa\grave{\alpha}$, $\tau\grave{\alpha}$ $\delta\grave{\epsilon}$ $\dot{\epsilon}\pi\iota\rho\rho\dot{\eta}\mu\alpha\tau\alpha$ $\pi\rho\grave{o}\varsigma$ $\tau\grave{\alpha}$ $\dot{\rho}\dot{\eta}\mu\alpha\tau\alpha$ u. de synt.
p. 307, 25.

stehenden Redetheilen zum Gegenstande hätte. Aber so einfach ist die Sache allerdings nicht.

Was zuvörderst die μετοχή betrifft, so besteht ja ihr Wesen eben darin, dass sie Theil hat zugleich an den Accidentien des Nomens und an denen des Verbums [19]. Hieraus folgt, dass die Verbindungen, die das Participium mit den übrigen Redetheilen eingeht, den Gesichtspunkten unterliegen, die entweder aus der nominalen, oder aus der verbalen Natur des Participiums folgen. Für das Participium ist also kein besonderer Abschnitt nöthig, in dem etwa seine Verbindung mit dem Nomen einerseits, mit dem Verbum andrerseits erörtert würde, sondern in der Syntax des Nomens und in der des Verbums werden auch die Verbindungen des Particips mit den übrigen Redetheilen erörtert. Apollonios sagt nirgends ausdrücklich, dass er mit dem Particip so verfahren wolle; wohl aber ist leicht zu ermitteln, dass er faktisch so verfährt. Sofern das Participium Nomen ist, verbindet es sich mit dem Artikel. Daher wird in der Syntax des Artikels nicht bloss das Nomen (substantivum und adjectivum), sondern auch das Participium berücksichtigt. Vgl. I, 7. 1, 33—36. 1, 37. I, 41. 42. Ferner wird in der Syntax der Präpositionen das Verhältniss der Präpositionen zum Particip erörtert. Vgl. p. 327, 12. 329, 22. Vermöge seiner verbalen Natur hat das Participium Theil an der Rection des Verbs; diess wird im dritten Buche zum Schluss p. 301, 20 ausdrücklich hervorgehoben [20]. Auch das gehört zur verbalen

---

[19] S. de synt. p. 15. de adv. 529, 23. Prisc. XI, 914. (519 Kr.). Dionys. Thr. 639, 30 B. Bekk. An. 896, 18. 897, 20.

[20] Ἀλλ' οὐδὲ αἱ μετοχαὶ τὸ τοιοῦτον ἀποκλίνουσι, κἂν ἀποβάλωσι τὸν τῶν προσώπων μερισμὸν τάς τε παρεπομένας ψυχικὰς διαθέ-

Rection, dass Adverbia sich mit dem Particip verbinden, und dass wir diess im vierten Buche lesen würden, wenn nicht der Abschnitt über die Syntax des Adverbs theilweise vorloren gegangen wäre, geht mit Bestimmtheit hervor aus de adv. **530, 23.**: τὸν αὐτὸν ἀεὶ τρόπον ἐστιν ἐπινοῆσαι ῥῆμα μὲν δίχα ἐπιρρήματος συγκλεῖον λόγον, ἐπίρρημα δὲ οὐ μὴ δίχα ῥήματος ἢ μετοχῆς, ἤ τις δύναμει ἰδίωμα ἔχει τὸ τοῦ ῥήματος. καὶ οὐ τοῦτό φημι, ὅτι αἱ μετοχαὶ ἀπαρτίζουσι διάνοιαν, ἀλλ' ὅτι τὰ ἐπιρρήματα καὶ ἐπὶ μετοχὰς φέρεται (worauf dann die S. 11 citirte Hauptstelle folgt). Vgl. de adv. **532, 28**: διὸ καὶ προείπομεν, ὡς καὶ ἐπὶ μετοχὰς φέρεται τὰ ἐπιρρήματα. τὸ δὲ ὑπόδειγμα τοῦ λόγου τοιοῦτόν ἐστιν ὁ καλῶς ἄνθρωπος γράψας ἐτιμήθη. πάλιν ἡ τοιαύτη σύνταξις διὰ πολλῶν παραθέσεων ἐν τῷ περὶ συντάξεως ἀποδίδοται. Mit dieser Ansicht von der Stellung, die die μετοχή im syntaktischen System des Apollonios einnimmt, stehen nicht im Widerspruch die Worte über das Participium, die wir in der Stelle de synt. p. **22, 12** lesen. Denn dort will Apollonios nur die zuvor gebrauchten Ausdrücke παραλαμβανόμενον und ἀνθυπαγόμενον erklären, was er thut, indem er von den Pronominibus sagt, dass sie ἀντὶ τῶν ὀνομάτων καὶ μετὰ τῶν ὀνομάτων ständen, und eben so von den Participien, dass sie ἀντὶ τῶν ῥημάτων καὶ μετὰ τῶν ῥημάτων gebraucht würden. Sofern sie ἀντὶ τῶν ῥημάτων stehen,

---

οις τοῖς ῥήμασιν. — Δι' οὗ δείκνυται, ὅτι πάντα μὲν ἐπὶ γινικὴν φέρεται τὰ πτωτικά, οὐ μὴν τὰ ἐν μετοχῇ γινόμενα. συντάξεως γὰρ τῆς αὐτῆς ἔχεται τοῖς ῥήμασι, καὶ διὰ τοῦτο συνέχεται τοῦ ἔτι ῥήματος μιτέχειν ἰδιότητα. — Die Congruenz, der das Participium unterworfen ist, wird p. **208, 3. 209, 21** ausgesprochen, s. unten.

haben sie eben Theil an der Rection des Verbs, sofern sie
μετὰ τῶν ῥημάτων stehen, haben sie Theil an der Construction des ὄνομα, das ja auch μετὰ τῶν ῥημάτων verbunden wird.

Wenden wir uns von der μετοχή, dem ersten der
sechs untergeordneten Redetheile, zum σύνδεσμος, dem
letzten, so ist leicht ersichtlich, dass auch dieser Redetheil
im Vergleich mit den vier übrigen eine exceptionelle Stellung einnimmt. Die Conjunctionen [21]), zu denen auch man-
che von uns sogenannte Partikeln, ja sogar die unechte
Präposition ἕνεκα gerechnet wird, sind nicht, wie jene,
Bestimmungen eines Wortes im Satze, sondern sie verbinden
zwei Sätze [22]) oder zwei Wörter [23]). Der σύνδεσμος wurde
daher, wie er in der τάξις zuletzt steht, so auch in der
σύνταξις am Schlusse behandelt. Dass eine solche Behandlung des σύνδεσμος einst da war, schliessen wir aus den
Worten der Hauptstelle in der Schrift de adv. 531, 4: εἰρήσεται δὲ — τίνες τε ἐν τῷ καθόλου σύνδεσμοι συνδέουσιν
ὄνομα καὶ ῥῆμα καὶ τίνες εἰσὶ μερικοί [24]), aus der Stelle

---

21) Vgl. C. F. Jahn, grammaticorum graecorum de conjunctioni-
   bus doctrina. Gryphiae 1847.
22) S. de synt. p. 11, 16.
23) S. de synt. p. 18, 12. 121, 25. Bekk. An. 952. Σύνδεσμός ἐστι
   μέρος λόγου ἄκλιτον, συνδετικὸν τῶν τοῦ λόγου μερῶν, οἷς καὶ
   συσσημαίνει, ἢ τάξιν ἢ δύναμιν παριστῶν. Prisc. XVI, 1025 (637.
   Kr.).
24) Was mit dem Gegensatze ἐν τῷ καθόλου und μερικοί gemeint
   ist, geht z. B. aus der Definition des ἐπίρρημα hervor de adv.
   529, 6. ἔστιν οὖν ἐπίρρημα μὲν λέξις ἄκλιτος, κατηγοροῦσα τῶν ἐν
   τοῖς ῥήμασιν ἐγκλίσεων καθόλου ἢ μερικῶς, ὧν ἄνευ οἱ κατα-
   κλίσεις διανοίαν mit den Erläuterungen dieses Passus der Definition ebendas. 533, 1. Vgl. auch die Stelle de synt. p. 204,
   12 über den σύνδεσμος ἄν, an deren Schlusse p. 205, 18 auf

de synt. p. 205, 18: *ἐν τῇ συνδεσμικῇ συντάξει ἐντελέστερον
τὰ τοιαῦτα δέδεικται*, und mit Schneider [25]) aus der Stelle
de synt. p. 123, 3: *δείξομεν γὰρ ὅτι ὁ δὲ καὶ πάλιν οἱ τούτῳ
ἰσοδυναμοῦντες παραιτοῦνται τὰς κοινότητας, μετάβασιν
ποιούμενοι καὶ τῶν πτωτικῶν καὶ ἔτι τῶν ῥημάτων*. Der
Versuch, die *συνδεσμικὴ σύνταξις* als vorhanden in dem uns
Erhaltenen nachzuweisen [26]), verdient keine Widerlegung.

---

die Ausführung jenes Gedankens *ἐν τῇ οινδεομικῇ οιντάξει*
verwiesen wird. — Die Worte *σινδέονοιν ὄνομα καὶ ῥῆμα* sind
übrigens nicht so misszuverstehen, als ob Apollonios sagen
wollte, die Conjunction verbinde das Nomen mit dem Verbum. Sie verbindet entweder ein Nomen oder ein Verbum
mit etwas Drittem, was selbst wieder Nomen oder Verbum
sein kann. Es würde daher auch nicht zulässig sein, *ὀνόματα*
und *ῥήματα* zu schreiben, weil dann das Missverständniss möglich wäre, als ob nur Nomen mit Nomen, Verbum mit Verbum verbunden werden könnte. Ohnehin braucht Apollonios
den Singular ebenso de synt. p. 123, 18. 21.

[25]) A. a. O. S. 456. — Wahrscheinlich wird man auch die Verweisung de adv. 532, 6 auf die Syntax der Conjunctionen beziehen dürfen, da sie sich nicht bezieht auf die *σύνταξις* des
ἄρθρον ὑποτακτικόν.

[26]) Frohne, der, wenn er seinen Prämissen (s. oben Anm. 12)
treu bleiben wollte, leugnen musste, dass Apollonios die Syntax der Conjunctionen behandelt habe, findet sie nichtsdesto-
weniger genügend erörtert, a. a. O. p. 16: „Conjunctiones
quoque, quae adhuc restant, suumque syntaxi tanquam com-
plementum addunt, non plane ab Apollonio neglectae sunt;
age cf. 5, 6, ubi *παραπληρωματικοὺς οινδέομους* commemorat,
et 8, 10, ubi conjunctarum enuntiationum genera quaedam af-
feruntur: *οἱ λόγοι συνδεόμενοι ἐκ συνημμένων ἢ παρασυνημμίνων
ἢ καὶ ἔτι συμπεπλεγμένων*; 87, 17—25 *ἀθροιστικοὶ σύνδεομοι* tra-
ctantur; item copiosa de eis disputatio est 122, 12—127, 6,
uhi etiam de interpunctione agitur deque ejus in accentus pro-

Wenn nun die μετοχή im Anschluss an Nomen und Verbum mit diesen überall im Hintergrunde steht, die Conjunction dagegen ihrer exceptionellen Stellung wegen ganz am Schlusse, gewissermassen ausserhalb des Systems, behandelt wird, welcher Platz ihr auch wegen ihrer Stelle in der τάξις τῶν τοῦ λόγου μερῶν zukommt, so bleiben vier Redetheile übrig: ἄρθρον, ἀντωνυμία, πρόθεσις, ἐπίρρημα, die nun auch in dieser Reihenfolge, die sie in der τάξις einnehmen, behandelt werden. Das erste Buch behandelt den Artikel, das zweite das Pronomen, das vierte beginnt mit den Präpositionen, deren Syntax in dem uns Erhaltenen nicht vollendet ist[27]), und die verlorengegangene σύνταξις der Adverbia, von der Schneider's Scharfsinn einen Theil wieder entdeckt hat[28]), stand ohne Zweifel in der Mitte zwischen der der Präpositionen und Conjunctionen. Wären nun die Verhältnisse der ἀντωνυμία und der πρόθεσις so einfach, wie die des ἄρθρον und des

nominum vi.‟ Er hätte noch mehr Stellen anführen können, in denen von Conjunctionen die Rede ist (z. B. p. 201. 216. 245. 265. 266. 272. 305); aber immer ist nur beispielsweise zu bestimmten andern Zwecken von den Conjunctionen die Rede. Eine καθολικὴ und μερικὴ σύνταξις derselben im Sinne des Apollonios ist das nicht.

27) Schon Schneider a. a. O. S. 456 verweist auf de synt. p. 319, 1. ὑπὲρ ὧν τῆς διαφορᾶς κατὰ τὸ δέον ἐκθησόμεθα, was in Beziehung auf die Anastrophe gesagt ist. Es wäre demnach begonnen, aber nicht ganz ausgeführt, was de adv. 530, 33 angedeutet wird: αἵ τε προθέσεις πρὸς ἀμφότερα· διὸ καὶ μόναι ἀναστροφῆς τόνου ἔτυχον, καὶ τῇδε δύνανται συντάσσεσθαι, λέγω ὀνόμασι, καὶ τῇδε, λέγω ῥήμασιν, womit zu vgl. de synt. p. 308, 5.

28) A. a. O. Verweisungen auf die verlorengegangene Syntax des Adverbs stehen de synt. p. 204, 10. de adv. 535, 25. 532, 31.

2*

ἐπίρρημα [29]), so müsste sich die Syntax des Nomens von
der des Verbums scharf abgränzen; das ist aber keines-
wegs der Fall, und obendrein ist die Reihenfolge, in der
ἄρθρον, ἀντωνυμία, πρόθεσις, ἐπίρρημα behandelt werden, welche an und für sich keiner weiteren Rechtferti-
gung bedürfen würde, unterbrochen durch das dritte Buch.

Um für diese Thatsachen eine Erklärung zu gewin-
nen, knüpfen wir wiederum an die Exposition der S. 10
verlassenen Stelle de synt. p. 22, 5. Nach den bisher an-
gestellten Erörterungen können wir hoffen, den für die
Oekonomie der Schrift wichtigen Nachsatz derselben ohne
Einseitigkeit zu verstehen. Er heisst: δέον διαλαβεῖν
περὶ ἑκάστου τοῦ τε παραλαμβανομένου καὶ τοῦ ἀνθυπαγομένου ἢ καὶ συμπαραλαμβανομένου, ὡς αἱ ἀντωνυμίαι ἀντὶ τῶν ὀνομάτων καὶ μετὰ τῶν ὀνομάτων, καὶ ἔτι
αἱ μετοχαὶ ἀντὶ τῶν ῥημάτων καὶ μετὰ τῶν ῥημάτων, καὶ
ἐπὶ τῶν ἑξῆς μερῶν τοῦ λόγου. Jeder Redetheil kommt
also in einer dreifachen Beziehung in Betracht, je nachdem
er hinzugenommen wird, oder stellvertretend eintritt, oder
mit hinzugenommen wird, nämlich zum ὄνομα oder zum
ῥῆμα, resp. für ὄνομα und ῥῆμα. Was unter παραλαμβανόμενον und ἀνθυπαγόμενον verstanden wird, wird durch
das Beispiel der Pronomina und Participia erläutert. Ueber das συμπαραλαμβανόμενον lässt uns Apollonios im Un-
klaren. Jedoch ist bei genauer Exegese kein Missverständniss möglich [30]). Ein συμπαραλαμβανόμενον kann streng
genommen [31]) nur ein solches Wort sein, welches zusam-

---

[29]) S. oben Anm. 18.

[30]) Schneider S. 156 wendet freilich den Ausdruck συμπαρ.
zweimal fälschlich statt παραλ. an.

[31]) Ohne den Gegensatz von παραλ. würde es allerdings mit die-

men mit einem *παραλαμβανόμενον παραλαμβάνεται*, also zum Beispiel ein Adverb, welches bei einem Particip steht, das selbst zu einem Verbum hinzugenommen wird[32]. Apollonios brauchte diesen Begriff nicht zu erklären, da er unwichtig ist, wie sich auch in der Art der Anfügung durch *ἢ καί* (im Gegensatze zu dem *τε — καί*) kundgibt. Unwichtig ist er aber desshalb, weil, um bei dem vorigen Beispiele zu bleiben, der Umstand, dass ein Adverb zu dem Particip tritt, in der That gänzlich unabhängig ist von dem Verb, zu welchem das Particip gehört[33]. Wir behalten demnach nur zwei wesentliche Beziehungen übrig, denen eventualiter jeder Redetheil ausgesetzt sein kann, die Verbindung mit einem andern, und die Stellvertretung. Ohne Frage ist jene für die Syntax die wichtigere; denn die Stellvertretung kommt nur bei einigen Redetheilen als ein Idiom ihres Wesens vor, wie eben beim Pronomen und dem Particip. Ausserdem kann eine solche durch eine vereinzelte *μετάπτωσις* zu Stande kommen, wie z. B. der Artikel zum Pronomen werden kann[34]. Dass jedoch beide Beziehungen bei jedem Redetheile berücksichtigt werden sollen, zeigt der Zusatz *καί ἐπὶ τῶν ἑξῆς μερῶν τοῦ λόγου*, womit aber nicht gesagt ist, dass die letztere Beziehung durchweg einen entscheidenden Einfluss auf die Anordnung des Ganzen haben müsste.

---

sem synonym gebraucht werden konnen, wie z. B. de adv. 533, 28.

32) S. de adv. 532, 30. 529, 13. de synt. p. 31, 1. So *συμπαραλαβών* de synt. p. 31, 18. Vgl. *συμπαριπόμενον* im Gegensatze zu *παριπόμενον* de synt. p. 226, 8.

33) Vgl. de adv. 532, 23.

34) Vgl. de synt. p. 10, 4. 17, 7. 106, 21. 136, 12.

Das *παραλαμβάνεσθαι* findet nun aber auch zwischen *ὄνομα* und *ῥῆμα* statt. Diese Thatsache ist an sich so klar, dass Apollonios nicht für nöthig hielt, sie als ein Moment für seine Anordnung ausdrücklich auszusprechen. Wie er aber darüber dachte, zeigt eine Stelle im Eingang der Syntax der Präpositionen p. 307, 23: *Μή ποτε δὲ καὶ δεόντως τὸ δισσὸν τοῦ τόνου παρέπεται. τὰ μὲν γὰρ ἄλλα μέρη τοῦ λόγου μίαν ἔχει σύνταξιν, ἐφ᾿ ἣν καὶ φέρεται, ὡς τὰ ἐπιρρήματα ἔπεισι τοῖς ῥήμασι, κἂν μεταξὺ μέρη λόγου πλείονα πίπτῃ, τὰ δὲ ἄρθρα ὡς τὰ πτωτικά* [35]*), τά τε ὀνόματα ἐπὶ τὰ συνόντα τῶν ῥημάτων, καὶ αὐτῶν τῶν ῥημάτων ὑποστροφὴν ποιουμένων ὡς πρὸς τὰ ὀνόματα ἢ πρὸς τὰ ἀντωνυμικά, ἅπερ πάλιν ἀντὶ ὀνομάτων παραλαμβάνεται· αἱ μέντοι προθέσεις δύο συντάξεις ἀναδεξάμεναι, τήν τε πρὸς τὰ ὀνόματα καὶ ἔτι πρὸς τὰ ῥήματα* [36]*), δεόντως παραδέξονται καὶ τὸ ἐναλλασσόμενον τοῦ τόνου* u. s. w. Also das *ὄνομα* ist ein *παραλαμβανόμενον* des *ῥῆμα* und dieses umgekehrt von jenem. Wo war nun aber der geeignete Ort, die *σύνταξις* des *ὄνομα* und *ῥῆμα* unter einander darzustellen? Wir, die wir gewohnt sind, jede Syntax mit einer Auseinandersetzung der Bestandtheile des einfachen Satzes und mit der Lehre von der Congruenz zwischen Subject und Prädicat eröffnet zu sehen, erwarten sie im Anfang. Aber Apollonios entspricht unsern Erwartungen nicht. Bei der Verschiedenartigkeit der Beziehungen, in denen einige Redetheile zum Nomen und Verbum stehen, konnte es zwar

---

[35]) Lehrs qu. epp. 40 corrigirt *ὡς πρὸς τὰ πτωτικά*. Noch mehr wird sich die aus de adv. 530, 32 genommene Verbesserung *πρὸς τὰ πτωτικὰ ἢ ὡς πτωτικά* empfehlen.

[36]) Vgl. de adv. 530, 33.

seine Absicht nicht sein, die Syntax des Nomens und die
des Verbums scharf abgränzen zu wollen, abgesehen davon,
dass sich beide getrennten Theile in der Syntax des Nomens und Verbums unter sich berührt hätten. Gleichwohl
sucht er die Abgränzung so viel als möglich einzuhalten.
Hätte er die Syntax des Nomens und Verbs unter sich zu Anfang gestellt, so würde er sie von vorn herein aufgegeben
haben. Er erreicht sie so weit möglich, indem er ganz
rationell von vorn herein dem $ὄνομα$, seinem Hauptrede-
theile, den Vortritt lässt. Das $παραλαμβανόμενον$ des $ὄνομα$
ist der Artikel, der ohnehin an der ersten Stelle behandelt zu werden ein Recht hatte, weil er in der $τάξις$ den
übrigen Redetheilen voranging. Zwar hebt Apollonios im
Eingang der Syntax des Artikels hervor, dass nicht bloss
das Nomen, sondern auch das Verb (im Infinitiv) und jeder Redetheil überhaupt (als $ὄνομα τῆς φωνῆς$ betrachtet)
den Artikel annehme [37]; mit den beiden letzteren Punkten
will er aber eben so wenig die Stellung der Syntax des
Artikels rechtfertigen [38]), als daraus geschlossen werden
darf, dass wir uns gleich von vorn herein in der Syntax
sowohl des Nomens, als auch des Verbums befänden.

---

[37]) S. de synt. p. 22, 15. *Τὰ μὲν οὖν ἄρθρα ἡ τῶν ὀνομάτων σύνταξις*
παραλαμβάνει, καὶ ἔτι ἡ τῶν ῥημάτων, ὡς ἔστιν ἐπὶ τῶν ἀπα-
ρεμφάτων φάναι τὰ φιλολογεῖν ὠφέλιμον, τῷ περιπατεῖν ἥδομαι,
καὶ ἔτι παντὶ μέρει λόγου οὐδὲν σημαίνοντι πλίον ἢ αὐτὸ μόνον
τὸ ὄνομα τῆς φωνῆς u. s. w. Man beachte, dass im Anfange
des später anakoluthisch gewendeten Satzes *ἡ τῶν ὀνομάτων*
σύνταξις Subject ist, nicht etwa *τὰ ἄρθρα* oder *ἡ ἀρθρικὴ σύν-*
ταξις. Vgl. Anm. 42.

[38]) Ungenau Schneider a. a. O. S. 455: „Daher spricht er zunächst im ersten Buche über den Artikel, weil ihn *ἡ τῶν ὀνο-*
μάτων σύνταξις παραλαμβάνοι καὶ ἔτι ἡ τῶν ῥημάτων".

Denn der Infinitiv nimmt den Artikel nicht zu sich, sofern er ῥῆμα ist, und die übrigen Redetheile nicht, sofern sie jedes an seiner Stelle Pronomen, Adverb u. s. w. sind, sondern sie nehmen ihn, sofern sie Nomina sind. Der Infinitiv ist ὄνομα ῥήματος [39], die sämmtlichen Redetheile in Verbindung mit dem Artikel sind ὀνόματα τῆς φωνῆς [40]. Es sind also im Gegensatz zu den πτωτικοῖς die ὡς πτωτικά [41]. Wie das erste Buch rein der σύνταξις τοῦ ὀνόματος [42] angehört, so gehört derjenige Abschnitt des vierten Buches, der über die Adverbia handelte, rein der Syntax des Verbs an. Soweit ist die Scheidung zwischen der Syntax des Nomens und der des Verbs streng vollführt. Vom zweiten Buche an bis zu Ende des uns Erhaltenen sind die Beziehungen verwickelter. Wir haben es durchgehends mit der gemischten Syntax des ὄνομα und ῥῆμα zu thun.

Der Uebergang zum Pronomen [43] wird im Anfang des

---

[39] S de synt. p.31, 5.

[40] Dieser Punkt wird cap. 4 absolvirt

[41] S. de adv. 530, 32 (de synt. p. 307 in Anm. 35.).

[42] Dem widerspricht nicht, dass im Anfang des zweiten Buches das erste als σύνταξις τῶν ἄρθρων bezeichnet wird. S. oben S. 14.

[43] Ungenau Schneider a. a. O. S. 455: „Dann folgt im zweiten Buche die Syntax des Pronomens, von dem dieselbe (!) Bemerkung gilt wie vom Artikel." Frohne a. a. O. p. 15: „Sed Apollonius simplicissimum ubique se gerit, transiens exempli gratia ab articulo praepositivo ad relativum, i. e. articulum postpositivum sub primi libri finem, et hinc libro secundo ad reliqua pronomina proficiscitur [reliqua hat keinen Sinn, da der articulus postpos für Apollonios eben kein Pronomen ist]. Et est profecto libri primi cum secundo connexus jam p. 22, 11 significatus, quum ibi dicatur articulus μετὰ τῶν ὀνομάτων, pronomen autem ἀντὶ τῶν ὀνομάτων poni eamque ob caussam

zweiten Buches (p. 95, 1) gemacht mit den Worten: *Τῇ
προεκδοθείσῃ συντάξει τῶν ἄρθρων ἀκόλουθον ὑπολαμβάνω
καὶ περὶ τῆς τῶν ἀντωνυμιῶν συντάξεως διαλαβεῖν· ἐκεῖνα
μὲν γὰρ μετ᾽ ὀνομάτων ἐν τοῖς λόγοις παρελαμβάνετο, αὗ-
ται δὲ ἀντ᾽ ὀνομάτων.* Dies Verfahren ist in der That ἀκόλουθον, da Apollonios vom Standpunkte des Nomens
aus auf das παραλαμβανόμενον desselben nun das ἀνθυπαγόμενον folgen lässt; zumal da die ἀντωνυμία auch nach
der τάξις auf das ἄρθρον folgt. Sofern nun aber das Pronomen ein Stellvertreter des Nomens ist, ist es wie dieses
zugleich παραλαμβανόμενον des Verbums. Diese zwei-
schneidige Natur des Pronomens[44], in Folge deren dasselbe sowohl Personen als Casus unterscheidet, wird
sofort von Apollonios sehr bestimmt betont. Wenn nun
aber auch die eine Beziehung des Pronomens ohne die
andere nicht zu denken ist, so scheidet sie Apollonios doch
so, dass er anfangs cap. 1—11 die Seite des Pronomens
ins Auge fasst, wonach es Stellvertreter des Nomens ist[45],
wobei sich natürlich die Gelegenheit ergibt, auf die ἰδιώματα des Pronomens überhaupt einzugehen; später das

quasi nominis quodam vinculo inter se conjuncta apparere.''
Hiervon steht aber p. 22, 11 kein Wort. F. hatte die Stelle
95, 3 im Sinne, die er auch p. 4 citirt. Von der wichtigen
Stelle auf p. 22 hat er also nicht nur nicht den richtigen Ge-
brauch gemacht, sondern sie nur desshalb erwähnenswerth
gefunden, weil sie vermeintlich Etwas enthielt, was anderwärts
steht.

44) S. de synt. p. 13, 17. *ἕνεκα τῆς τῶν ῥημάτων συνόδου ἐπινοήθησαν
αἱ ἀντωνυμίαι.*

45) Nur diess ist zunächst gemeint mit dem Passus in der Stelle
de adv. 531, 3. *εἰρήσεται δὲ καὶ πότε ἀντωνυμίαι ἀντ᾽ ὀνομάτων
παραλαμβάνονται.*

Pronomen als παραλαμβανόμενον des Verbs darstellt (cap.
12 ff.). Jedoch darf man darum nicht die ersten Capitel
zur Syntax des Nomens rechnen wollen in höherem Grade,
als es die späteren wären. Die rein nominale Syntax des
Pronomens mit dem Nomen, wonach es μετὰ τῶν ὀνομάτων steht, ist, da sie nur mit dem mit Artikel versehenen
Nomen stattfindet, schon im ersten Buche abgemacht [46]).
Zwischen der ersten und zweiten Hälfte des zweiten Buches bildet cap. 11 den Uebergang, das insofern zur Syntax
des ὄνομα und ῥῆμα unter sich gehört, als die ἀκαταλληλότης der Verbindung eines Nomens mit der ersten Person
des Verbs nachgewiesen wird. Auch mit cap. 12 ff. bleiben wir eigentlich in der Syntax des Nomens als eines
παραλαμβανόμενον des Verbs; denn das Pronomen ist ja nur
insofern ein παραλαμβανόμενον des Verbs, als es die Stelle
des Nomens vertritt. Aber die Eigenthümlichkeiten des
Pronomens bedingen gewisse Erscheinungen in der Construction desselben mit dem Verb, die nicht dem Nomen
als solchem zukommen. Indem Apollonios zunächst nur
diese darstellt, konnte er im Anfange des zwölften Capitels
(p. 116, 4) sagen: Ἐξῆς ῥητέον καὶ περὶ συντάξεως τῆς
τῶν ἀντωνυμιῶν πρὸς τὰ ῥήματα [47]), zumal da er
im Anfange des dritten Buches über die Bedeutung des
zweiten sich bestimmt genug ausspricht. Er sagt nämlich

---

46) Vgl. innerhalb cap. 27—30. Ebendaselbst ist die Verbindung,
   resp. Nichtverbindung der Pronomina mit dem Artikel erledigt.

47) Wie im ersten Buche die Beziehung der Pronomina zum Artikel auseinandergesetzt wird, so im zweiten Buche vom Standpunkte der Pronomina aus auch die Beziehung der Präpositionen zum Pronomen (cap. 15 sqq.), wozu wir das corre-
   spondirende Gegenstück im vierten Buche finden werden.

p. 194, 1: *τῶν ἐξαιρέτως παρεπομένων ταῖς ἀντωνυμίαις κατειλεγμένων ἐν τῷ πρὸ τούτου, ἀναγκαίως καὶ περὶ τῶν κοινῇ αὐταῖς παρεπομένων μετὰ τῶν ἄλλων τοῦ λόγου μερῶν πειρασόμεθα διαλαβεῖν, καθὸ ἃ μὲν αἴτια γίνεται ἀκαταλληλότητος, ἃ δὲ ἀδιαφορεῖ, ὥς γε ἐστι τὸ πρῶτον ἐπινοῆσαι ἐξ αὐτῶν τῶν ἀντωνυμιῶν.* Hierbei fällt zunächst auf, dass Apollonios nicht, wie man erwarten sollte, zu den Erscheinungen übergeht, die das Pronomen mit dem Nomen in Beziehung auf die Construction zum Verb theilt, sondern allgemeiner zu den Erscheinungen, die dasselbe mit allen übrigen Redetheilen gemein hat. Man beachte aber wohl, dass jenes, das Beschränktere, nicht ausgeschlossen ist durch dieses, das Weitere. Es kommt also nur darauf an, die Gründe zu erkennen, wesshalb Apollonios hier den weiteren Standpunkt nimmt.

Die Syntax geschieht, wie gleich im Anfang des ganzen Werks bemerkt war, *εἰς καταλληλότητα τοῦ αὐτοτελοῦς λόγου.* Apollonios hat diesen Begriff, das Hauptprincip seiner Syntax, bisher zwar gelegentlich angewendet[48), aber nicht wissenschaftlich erklärt[49). Eine wissenschaftliche Erklärung zu Anfang der Syntax war nicht nöthig, da Apollonios den Begriff in soweit als bekannt voraussetzen konnte, als er bei den einfachen Verhältnissen des Artikels zum Nomen in Frage kam. Sie war un-

---

48) S. p. 4, 3. 4, 11. 7, 2. 15, 27. 26, 7. 29, 28. 30, 5. 9. 14. 37, 4. 43, 27. 49, 28. 60, 14. 69, 18. 82, 14. 18 u. s. w.

49) Am eingehendsten noch über die *καταλληλότης* ist die Stelle p. 36, 16, woselbst aber eigentlich nur die Methode der *ζήτησις τῆς καταλληλότητος,* d. i. der Versuch, die *καταλληλότης* rationell zu begründen, vertheidigt wird denen gegenüber, die nur die Empirie gelten lassen wollen.

zweckmässig, weil die Einleitung ohnehin schon lang genug geworden war; sie war aber auch für Apollonios geradezu unmöglich, weil er den Begriff der καταλληλότης und des ἀκατάλληλον nicht hätte klar machen können, ohne auf das Verb einzugehen, was er vermeiden musste, da er so weit thunlich mit der reinen Syntax des ὄνομα beginnen wollte. Jetzt aber, wo Apollonios zunächst die Beziehungen auseinanderzusetzen hätte, die dem Pronomen mit dem Nomen gemeinschaftlich sind in der Construction zum Verb, kann er den Begriff nicht länger entbehren. Er entwickelt ihn nun aber nicht mit der nothdürftigsten Beziehung auf das unmittelbar Vorliegende, sondern sofort für das ganze Gebiet der Syntax, für sämmtliche Redetheile, καθὸ ἃ μὲν αἴτια γίνεται ἀκαταλληλότητος, ἃ δὲ ἀδιαφορεῖ. Es ist nicht die Lehre von der Congruenz in dem beschränkten Sinne, wie wir diesen Ausdruck gebrauchen, sondern die Lehre von der sprachlichen Congruenz und Incongruenz überhaupt[50]). Diese Mittelpartie, das eigentliche Centrum der apollonianischen Syntax, wo-

---

[50]) Ueber das hier und im zunächst Folgenden Besprochene drückt sich Schneider (S. 455) ungenau aus: „und zwar werden zunächst die Eigenthümlichkeiten aufgezählt, welche ἐξαιρέτως παρέπονται ταῖς ἀντωνυμίαις (p. 194 init.); dann im dritten Buche gehandelt περὶ τῶν κοινῇ αὐταῖς παρεπομένων μετὰ τῶν ἄλλων τοῦ λόγου μερῶν (p. 194), wobei ganz natürlich sich das Thema erweitert und die Syntax des Verbums in den Vordergrund tritt." Frohne p. 16: „pronomina autem cum verbis cohaerent per personas, quas utraque possunt repraesentare." Vgl. p. 5: „Pronominum constructionem longe gravissima sequitur ea syntaxis pars, quae et verborum et nominum syntaxin complectitur. Praemissa de differentia soloecismi et barbarismi disputatione transit Apollonius ad verbi genera."

hin die Radien von allen Seiten einmünden, umfasst die ersten 11 Capitel des dritten Buches.

Zuerst wird die Thatsache der Inconcinnität und der nicht gestörten Concinnität an Beispielen vom Pronomen hergenommen gezeigt[51] im zweiten Capitel (p. 194, 8—196, 25). Sodann wird cap. 3 das Thema gestellt: χρὴ οὖν ἐπιστήσαντας ἐκθέσθαι τί δή ποτ᾿ ἔστι τὸ ποιοῦν τὸ κατάλληλον, οὐ παραθέσει τρόπων χρησαμένους μάτην, καθάπερ τινὲς αὐτὸ μόνον ἐκήρυξαν τοὺς σολοικισμούς, οὐ μὴν ἐδίδαξαν τὸ ποιοῦν, ὅπερ εἴ τις μὴ συνίδοι, εἰς οὐδὲν συντείνουσαν ἕξει τὴν παράθεσιν τῶν τρόπων, und an die letztere, gegen frühere Grammatiker gerichtete, polemische Aeusserung die Bemerkung geknüpft, dass sie in dem, was sie als σολοικισμός ausgegeben hätten, vielfach im Irrthum gewesen wären, was an einigen Beispielen gezeigt wird (p. 196, 26—198, 3). Die Polemik richtet sich cap. 4 gegen die Anwendung, die Frühere von dem Ausdrucke σολοικισμός gegen den gewöhnlichen Usus hätten machen wollen, und es wird in diesem und dem fünften Capitel gezeigt, dass der σολοικισμός nie in Einem Worte, weder in einem einfachen, noch in einem componirten (cap. 5), stattfinde, sondern stets eine ἐπιπλοκὴ λέξεων ἀκαταλλήλων sei (p. 198, 4—201, 14). Nach dieser Polemik wird die Antwort auf die Frage, was die causa efficiens der ἀκαταλληλότης sei, gegeben cap. 6 (201, 15): Ἔστι γε μήν, ὡς προείπομεν, συνεκτικωτάτη αἰτία τοῦ ἀκαταλλήλου ἥδε. Τῶν μερῶν τοῦ λόγου ἃ μὲν μετασχηματίζεται εἰς ἀριθμοὺς καὶ πτώσεις, ὡς τὸ ὄνομα καὶ τὰ ἄλλα ὅσα δύναται ἀριθμὸν μετὰ πτώσεως ἐπιδέξασθαι· ἃ δὲ εἰς πρόσωπα καὶ ἀριθμόν, ὡς τὰ ῥήματα καὶ αἱ ἀντωνυμίαι· ἃ δὲ εἰς γένη,

---

51) S. p. 194, 6. ὥς γε ἔστι τὸ πρῶτον ἐπινοῆσαι ἐξ αὐτῶν τῶν ἀντωνυμιῶν.

ὡς τὰ προκατειλεγμένα ὀνόματα καὶ ὅσα δύναται γένους
διάκρισιν ποιήσασθαι [52]). τινὰ δὲ οὐδὲ ἓν τοιοῦτον ἐπιδέ-
χεται, ὡς τὰ καθ᾽ ἕνα σχηματισμὸν [53]) ἐκφερόμενα, ὥσπερ
οἱ σύνδεσμοι καὶ προθέσεις καὶ σχεδὸν ἅπαντα [54]) τὰ ἐπιρρήματα. τὰ δὴ οὖν προκείμενα μέρη, μεταληφθέντα ἐξ ἰδίων
μετασχηματισμῶν εἰς τὰς δεούσας ἀκολουθίας τῶν προ-
κατειλεγμένων ἀριθμῶν ἢ προσώπων ἢ γενῶν, τῇ τοῦ λόγου
συνθέσει ἀναμεμέρισται εἰς ἐπιπλοκὴν τοῦ πρὸς ὃ δύναται
φέρεσθαι, εἰ τύχοι πληθυντικὸν πρὸς πληθυντικὸν κατὰ τὴν
τοῦ αὐτοῦ προσώπου παρέμπτωσιν, γράφομεν ἡμεῖς, γρά-
φουσιν οἱ ἄνθρωποι. — (p. 202, 28:) Εἴπερ οὖν, ὡς προείπομεν, μὴ ἐπισυμβαίη τινὶ λέξει τὸ τὴν διάκρισιν δυνά-
μενον προφανῶς ποιήσασθαι, ἀδιαφορήσει τὸ ἐπιπλέκεσθαι
ἅπασι τοῖς κατειλεγμένοις, λέγω γένεσι διαφόροις, πτώσε-
σιν, ἀριθμοῖς, προσώποις, ἄλλοις τοῖς δυναμένοις τοιοῦτό
τι ἀναδέξασθαι. οὐ γὰρ δή γε ἔλεγχον ἔχει τὸν ἴδιον μετα-
σχηματισμόν.

Hiernach besteht also der Grund der ἀκαταλληλότης
darin, dass man die vorhandenen ἴδιοι μετασχηματισμοί
gegen die Absicht der Sprache, die sie geschaffen hat,
damit sie jeder an seiner Stelle gebraucht werden sollten,
nicht anwendet, wo sie durch die entsprechenden μετασχηματισμοί eines anderen verbundenen Redetheils nöthig
waren [55]). Der jedesmalige Beweis (ἔλεγχος) der ἀκαταλ-

---

52) Nämlich Pronomen, Artikel, Particip.

53) Vgl. de adv. 529, 9.

54) Wahrscheinlich setzte er desshalb σχιδόν hinzu, weil die cor-
relativen Adverbia auf θεν, θι, σε einen dem μετασχηματισμός
ähnlichen Wechsel zeigen; von jener Correlation ist übrigens
der technische Ausdruck παρακεῖσθαι und ἀντιπαρακεῖσθαι.

55) Vgl. de synt. p. 167, 1. καὶ γὰρ ἐν τῷ καθόλου τὸ ποιοῦν ἀκα-

ληλότης liegt darin, dass man der sofükistisch gebrauchten Form diejenige entgegenhält, die durch den μετασχηματισμός dem verbundenen Redetheile wirklich congruent ist [56]. Diess wird durch Beispiele ausgeführt, die hergenommen sind erstens von den Redetheilen, in denen kein μετασχηματισμός der Form, wohl aber gelegentlich eine analoge Scheidung der Bedeutung eintritt, nämlich von den Adverbien (p. 203, 7—204, 11) und von den Conjunctionen (p. 204, 12—205, 20); zweitens von den dem μετασχηματισμός unterworfenen Redetheilen, nämlich von den Pronominibus (p. 205, 21—207, 2), rücksichtlich deren bei dieser Gelegenheit in dem Fehlen des ἐμαυτούς der Grund gefunden wird, warum ἑαυτούς für die erste Person gebraucht nicht ἀκατάλληλον sei; sodann vom Verbum, indem gezeigt wird, dass zwar die übrigen Verbalformen stets den Beweis für die Concinnität oder Inconcinnität liefern, der Infinitiv aber rücksichtlich der Person, des Numerus, des Modus ἀδιαφορεῖ (207, 3—208, 2); Aehnliches zeigt sich beim Participium (p. 208, 3—14).

Wie das Nichtvorhandensein besonderer μετασχηματισμοί freiere Verbindung herbeiführt ohne Inconcinnität, so auch die in einzelnen Fällen stattfindende συνέμπτωσις der sonst geschiedenen μετασχηματισμοί. Das ist der Inhalt des siebten Capitels, und zwar wird diese συνέμπτωσις als mit der καταλληλότης verträglich dargestellt an Beispielen, hergenommen von den Geschlechtsformen

---

ταλληλίαν οὐκ ἄλλο τί ἐστιν ἢ κυριωτέρου σχήματος παρατροπὴ κατὰ τὴν αὐτῷ ἐπιβάλλουσαν σύνταξιν.

56) Vgl. de synt. p. 205, 21. αἱ δὴ οὖν λέξεις, ὡς προείπομεν, ἀναμιμνησμέναι κατὰ τὰς ἰδίας θέσεις, τὰς ὁπωςδήποτε παρεμπιπτούσας εἰς οὐκ ἐπιβάλλουσαν θέσιν διελέγχουσι διὰ τῆς ἐξ αὐτῶν ἀκολουθίας.

(p. 208, 22—209, 20), vom Particip und Infinitiv (209, 21
—210, 16), von den Generibus Verbi (210, 17—211, 22),
von den Personen des Verbs (211, 23—212, 20), vom Numerus im Nomen (212, 21—213, 5), vom Numerus im
Verb (213, 6—17), von den Casus (213, 18—214, 16). Da
sich die letzterwähnte Synemptose der Casus besonders
häufig beim Nominativ und Vocativ zeigt, so geht Apollonios auf die Frage nach dem casuellen Werthe des Pronomens σύ ein, welches nach seiner Ansicht je nach den
Umständen Nominativ und Vocativ ist, während Tryphon
es ein für alle Mal zum Vocativ erklärt hatte, den er auf
Grund der über die Concinnität aufgestellten Grundsätze
widerlegt (cap. 8. p. 214, 17—218, 19). Hieran wird dann
cap. 9 ein Excurs über den Vocativ bei den Pronominibus überhaupt angeknüpft (p. 218, 20—222, 9) [57], und
darauf zur συνέμπτωσις zurückgekehrt, von der noch einige Fälle auf dem Gebiete pronominaler Declination berührt werden (222, 10—223, 19) [58].

Die beiden folgenden Capitel (10 u. 11) gehören zu
der Centralpartie der Syntax noch in sofern, als auch in
ihnen noch die Frage nach dem Grunde der ἀκαταλληλότης der herrschende Gesichtspunkt ist. Insbesondere aber
haben sie die Syntax des Nomens und Verbs unter sich zum
Inhalt, die Congruenz im engeren Sinne; denn die vermeint-
liche Incongruenz, die sich in der Construction des Nomens
im Neutrum Pluralis mit dem Verb im Singular ausspricht,

---

[57] S. p. 218, 20. ἐκεῖνό γε μὴν οὐ δοκεῖ μοι παρέλκειν, τὸ καὶ ὑπὲρ
τῶν ὑπολοίπων κλητικῶν, λέγω ἐν ἀντωνυμίαις, προςδιασαφῆσαι.

[58] Er schliesst mit den Worten: δυςέφικτόν ἐστι τὴν ἐν ἅπασι τοῖς
μέρεσι τοῦ λόγου συνέμπτωσιν παραθέσθαι· ἀρκετὴ γάρ ἐστι καὶ
ἡ προκειμένη εἰς τὸ παραστῆσαι τὴν ὑπόλοιπον συνέμπτωσιν.

wird erklärt (p. **223, 20—226, 2**). Insofern knüpfen diese
Capitel wieder an das elfte Capitel des zweiten Buchs, wo
die Congruenz zwischen Nomen und Verb rücksichtlich der
Personen erörtert war.

Werfen wir einen Rückblick auf den Inhalt der ersten elf Capitel des dritten Buchs, so wird klar sein, dass
die oberste Bestimmung derselben ist, das Princip der
καταλληλότης auseinanderzusetzen. Es geschieht das aber
so, dass nach rückwärts die Syntax der Pronomina vervollständigt [59]), nach vorwärts die Syntax des Verbs vor-
bereitet wird [60]), zugleich aber auch die Gesichtspunkte
für die Congruenzverhältnisse der andern Redetheile an-
gegeben werden. Das, was wir nach dem Gange des
zweiten Buchs zunächst erwarten, die Verbindung des Nomens (resp. Pronomens) mit dem Verb, ist theilweise hierin mitenthalten, ich meine eben die syntaxis congruentiae
in cap. 10, 11, theilweise (nämlich die syntaxis rectionis)
folgt es erst im weiteren Verlauf des dritten Buches.

· Die gewissermassen über dem Systeme stehende Stellung dieser Centralpartie geht, wenn sie aus der Sache
an und für sich noch nicht deutlich genug hervortreten
sollte, unzweifelhaft auch aus einer Aeusserung des Apollonios selbst hervor. Während wir uns nämlich factisch
schon im ganzen zweiten Buche innerhalb der σύνταξις
τοῦ ῥήματος befanden, lesen wir bei Gelegenheit der συνέμπτωσις, die die ἐνεργητικὴ und παθητικὴ διάθεσις
in den Verbis Mediis erfahren, eine Verweisung auf die
folgen sollende σύνταξις des Verbs (p. 210, 20): ὥς γε
ἀκριβέστερον ἐπιδείξομεν ἐν τῇ δεούσῃ συντάξει τῶν ῥημάτων, womit die Behandlung der Genera Verbi gemeint ist

---

[59]) S. p. 194, 8. 205, 21. 214, 17.
[60]) S. p. 207, 3. 210, 4. 210, 17. 211, 23. 213, 6. 223, 20.

(cap. 31). Es liegt darin durchaus kein Widerspruch gegen unsere Auffassung des zweiten Buches. Im zweiten Buche befanden wir uns in der gemischten Syntax des Nomens und Verbs; was Apollonios jetzt als σύνταξις τῶν ῥημάτων citirt — es ist dasselbe, was bei dem Uebergange von der Centralpartie die καθολική σύνταξις τῶν ῥημάτων genannt wird [61]— damit ist nioht etwa schon die reine Syntax des Verbs gemeint, sondern vielmehr die Darstellung der Constructionen aus dem Gebiete der Syntax des Nomens und Verbs unter sich, in Beziehung auf welche nicht mehr das Nomen das principale ist, auf welches das andere sich bezieht (ἀνάγεται), sondern das Verb. Denn wenn auch das Verhältniss bei der Construction des Nomens mit dem Verb ein reciprokes ist, so dass dieses wie jenes ein παραλαμβανόμενον des andern genannt werden kann [62], so betrachtet doch factisch Apollonios das Verb als παραλαμβανόμενον des Nomens nur in der syntaxis congruentiae, umgekehrt das Nomen als παραλαμβανόμενον des Verbs in der syntaxis rectionis.

Diese nun folgt zwar nicht unmittelbar auf die Mittelpartie selbst, wie wir nach dem Gange des zweiten Buches erwarten konnten; aber sie konnte auch nicht unmittelbar folgen, weil in den Partieen des Systems, in denen das Verbum dasjenige ist, πρὸς ὃ ἀνάγεται, nothwendig vorausgesetzt werden muss die Bekanntschaft mit den Idiomen des Verbs, die sich in seinen μετασχηματισμοῖς aussprechen, zumal da diese, je nach ihrer Verschiedenheit, auf die Concinnität oder Inconcinnität der Verbindungen anderer Redetheile mit dem Verb den allergrössesten Einfluss haben. Es ist also ganz consequent,

---

[61] S. S. 35.

[62] S. de synt. p. 308, 1.

dass Apollonios, wie er beim Pronomen in dem ersten Abschnitte des zweiten Buches die *ἰδιώματα* erörtert hatte, ehe er zu der Verbindung des Pronomens mit dem Verb überging, dass er so auch, ehe er zur Rection des Verbs, die sich in der Verbindung mit den obliquen Casus ausspricht, übergeht, die *ἰδιώματα* des Verbs in seinen *μετασχηματισμοῖς* auseinandersetzt. Diese Auseinandersetzung beginnt er cap. 13 mit den Worten (p. 226, 3): *Ἑξῆς ῥητέον καὶ περὶ τῆς καθολικῆς συντάξεως τῶν ῥημάτων, ἣν πάνυ ὑπείληφα πολυμερεστάτην οὖσαν δεῖσθαι οὐ μετρίας ἐπιστάσεως. αἵ τε γὰρ παρεπόμεναι ἐγκλίσεις λόγον ἀπαιτήσουσι τῆς συντάξεως, καὶ οἱ ἐν αὐταῖς ἀναμερισθέντες χρόνοι, καὶ ἡ συμπαρεπομένη διάθεσις, ἐνεργητικὴ οὖσα καὶ παθητική, καὶ ἡ μεταξὺ τούτων πεπτωκυῖα μέση, οὐ προςχωροῦσα οὐδετέρᾳ, καὶ τὰ ἐγγινόμενα πρόςωπα ἐν τῷ καθόλου ἢ μερικῶς* [63] *ἢ οὐδ᾽ ὅλως* [64]), *καὶ εἰ ἅπασι σύμφωνοί εἰσιν αἱ δύο διαθέσεις, ἥ τε ἐνεργητικὴ καὶ ἡ παθητική, τίνα τε αὐτῶν πλαγίαις θέλει ἐπαρτᾶσθαι, καὶ πότερον ἀδιαφόρως ἢ κατὰ μερισμὸν τὸν δέοντα τῶν πτώσεων. εἰσὶ καὶ ἄλλαι εἰδικώτεραι συντάξεις τῶν προκατειλεγμένοιν, ἃς κατὰ τὸ ἐπιβάλλον διακρινοῦμεν.*

Ich habe die ganze Stelle hergesetzt, weil aus ihr sich nun sogleich die weitere Disposition des dritten Buches ergibt. *Καθολική* wird die nun folgende Syntax des Verbs genannt im Gegensatz zu der *σύνταξις* des Verbs, die wir im zweiten Buche hatten; denn das war eine *μερικὴ σύνταξις* [65]), die sich nur auf die Verbindung des Verbs mit dem Pronomen erstreckte. Die in der angeführten Stelle angegebene Disposition wird genau eingehal-

---

63) Wie im Imperativ und in den Impersonalibus.

64) Wie im Infinitiv.

65) S. oben Anm. 24.

ten. Zuerst werden die *ἐγκλίσεις* behandelt (p. 226, 20—
276, 15), und zwar in der Reihenfolge: Infinitiv (cap. 12
—18)[66]), Indicativ (cap. 19—21), Optativ (cap. 22—23),
Imperativ (cap. 25—27), Conjunctiv (cap. 28—30). Hierin
sind aber eingeschaltet: ein Theil der Lehre von den *ἐν
αὐταῖς ἀναμερισθέντες χρόνοι* bei Gelegenheit des Optativs
(cap. 24) und des Conjunctivs (p. 273, 18)[67]), die Lehre
von den Personen bei Gelegenheit des Infinitivs (p. 229,
18. p. 235, 13) und des Imperativs (p. 253, 20), ein Theil
der Lehre von den Casus als *παραλαμβανομένοις* des Verbs
bei Gelegenheit des Infinitivs (p. 232, 5. p. 240, 11). Hierauf folgt nun die Lehre von den Generibus (cap. 31), und
da die Construction der Verba intransitiva (p. 281, 11—22)
schon erschöpft war bei Gelegenheit der Congruenz (II, cap. 11.
III, cap. 10. 11), und nicht minder die der Verba *ὑπαρκτικά* in
der Lehre vom Artikel[68]), so wird sofort zu den Verbis
transitivis übergegangen (p. 281, 23), wo sich dann natur-
gemäss die syntaxis rectionis, d. h. die Verbindung des
Verbs (resp. der *μετοχή*) im Passiv mit *ὑπό τινος* und im
Activ mit den drei Casibus obliquis anschliesst (c. 32. 33).
Im Gegensatz zum Participium, das die Rection des Verbs
theilt, wird hier die Genitivrection der Nomina erwähnt
(p. 301, 24), die übrigens auch schon im ersten und zweiten Buche mit Beziehung auf den Artikel (I, cap. 10. 11.

---

66) Auf diese Partie bezieht sich das Citat de adv. 542, 12.

67) Damit kann die *σύνταξις τῶν χρόνων* nicht erschöpft sein; das
 Weitere wird wahrscheinlich im vierten Buche bei Gelegenheit
 der *χρονικὰ ἐπιρρήματα* erörtert sein (vgl. p. 203, 24), während
 die *ἐπιρρήματα εὐκτικά* (vgl. p. 204, 2) ihrerseits eine, wie es
 scheint, genügende Behandlung bei dem Optativ erfahren
 (cap. 22).

68) S. Buch I, cap. 31. 32. 37.

13. 14) und das Pronomen possessivum (II, cap. 21) behandelt war.

Hiermit ist nun der Theil des Systems, in welchem
die Syntax des Nomens und Verbs unter sich behandelt wird, erledigt [69]. Mit dem vierten Buche beginnt
wieder eine Partie, die, ähnlich wie das zweite Buch, zur
gemischten Syntax des ὄνομα und ῥῆμα gehört, nämlich die
σύνταξις τῶν προθέσεων. Abgesehen davon, dass die πρόθεσις nach der τάξις auf die ἀντωνυμία, welche Apollonios
im Anfange des dritten Buches verlassen hatte, folgen
musste, steht die σύνταξις τῶν προθέσεων hier um so pas-
sender, als sie sich nun an die Rection der Casus unmittelbar anschliesst, in Beziehung auf welche die Präpositionen συμπαραλαμβανόμενα des Verbs sind. Hiergegen konnte
der Umstand nicht in Betracht kommen, dass, wenn sofort die ἐπιρρήματα behandelt wären, das Verb, wie in
der zweiten Hälfte des dritten Buches, das principale,
πρὸς ὃ ἀνάγεται, geblieben sein würde. Dass Apollonios
in der That mit dem Beginn des vierten Buches diesen Standpunkt verlässt, zeigen seine eigenen Worte
(p. 303, 1): Μετὰ τὰς τῶν ῥημάτων συντάξεις, ἃς
ἐν τῷ πρὸ τούτου ἀνεπληρώσαμεν, ὄντι τρίτῳ τῆς

---

[69] Ungenau Frohne p. 16: „atque cum verba casus postulent,
qui in nominum formis haerent, liber tertius et verbi et nominis syntaxin comprehendit, neque solius verbi, ut creditum
est." Vgl. p. 5. Diess ist gerichtet gegen das allerdings auch
nicht Stichhaltige, was Schneider a. a. O. S. 156 bemerkt:
„Hier wird zwar auch das ὄνομα vielfach berührt, allein mit
dem darüber Gesagten darf die eigentliche Syntax des ὄνομα
noch nicht als abgeschlossen betrachtet werden; dass Apollonius es nur eben mit der Syntax des ῥῆμα hier zu thun habe,
zeigt auch der Anfang des vierten Buches p. 303, init.; μετὰ
τὰς τῶν ῥημάτων συντάξεις etc."

ὕλης πραγματείας, μέτιμεν καὶ ἐπὶ τὰς τῶν προθέσεων συντάξεις, δεομένας ἀποδείξεως πάνυ ἀκριβεστάτης [70]).

Das ist gerade die Eigenthümlichkeit der Präpositionen, dass sie παραλαμβανόμενα sowohl des Nomens als
des Verbums sind [71]), natürlich auch des Pronomens, des
Artikels, des Particips [72]), insofern diese eben selbst παραλαμβανόμενα oder ἀνθυπαγόμενα des ὄνομα sind. Es
musste bei ihnen also sowohl die Beziehung zum Nomen,
als die zum Verb auseinandergesetzt werden; das geschieht
nun aber nicht so, dass etwa das eine nach dem andern,
jedes für sich, dargestellt würde; vielmehr wird nach der
Art der σύνταξις selbst unterschieden, je nachdem sie
synthetisch oder parathetisch [73]) sei. Nachdem diess als

---

[70]) Portus spricht sich in den Anmerkungen zu Apollonios p. 373.
ed. Sylh. über das Verhältniss des vierten Buches zu den drei
frühern so aus: „Praeterea in superioribus libris docuit Apollonius de constructione partium orationis, quae inclinantur:
consequens erat, ut de iis, quae non inclinantur, jam praece-
pta daret." Das ist äusserlich zwar richtig, aber es wird dem
Apollonios damit ein ihm gänzlich gleichgültiger Gesichtspunkt
untergeschoben.

[71]) S. de adv. 530, 33. de synt. p. 308, 5. Bekk. An. 924, 22.

[72]) S. de synt. p. 17, 25: ἔνθα γοῦν καὶ τῆς τάξεως ἔτυχεν, εἴ γε
ὁτὲ μὲν κατὰ σύνθεσιν, ὁτὲ δὲ κατὰ παράθεσιν προτίθεται τῶν
κατειλεγμένων μορίων (d. i. der fünf früheren). Bekk. An.
924, 7: πρόθεσίς ἐστι μέρος λόγου καθ' ἕνα σχηματισμὸν λεγόμε-
νον, προθετικὸν τῶν τοῦ λόγου μερῶν ἐν παραθέσει ἢ ἐν συνθέσει, ὅτε μὴ κατὰ ἀναστροφὴν ἐπιφέρεται. Vgl. auch Bekk. An.
844, 25.

[73]) Vgl. die eben citirten Stellen mit p. 303, 5: καθὸ δοκεῖ τὰ μό-
ρια οἷς μὲν μέρεσιν τοῦ λόγου δόκησιν παρέχειν συνθέσεως, οἷς δὲ
παραθέσεως. — Ueber die Lehre des Apollonios von der Syn-
thesis und Parathesis vgl. O. Schneider in Z. f. d. Alt. 1843.
S. 641.

der Gegenstand der Frage bezeichnet und erläutert ist
(p. 303, 5—304, 25), werden zuvörderst excursartig, aber
nicht beziehungslos zum eigentlichen Gegenstande der
Frage, die ἠπορημένα in der Lehre von den Präpositionen
behandelt (p. 304, 26—310, 6), ein Verfahren, das von
Apollonios auch sonst eingeschlagen wird[74]. Dazu gehört die doppelte Stellung der Präpositionen und die Duplicität der Betonung, d. i. die Anastrophe, deren Unterschied von der prothetischen Stellung aber erst später
auseinandergesetzt werden soll[75], indem hier nur die
Thatsachen als solche gerechtfertigt werden.

Nach diesem Excurse wird zu dem Gegenstande der
Frage zurückgekehrt mit den Worten (p. 310, 7): προτι-
θέμεναι[76]) δὴ τῶν τοῦ λόγου μερῶν ἢ κατὰ σύνθεσίν εἰσιν
ἢ κατὰ παράθεσιν. Zur σύνθεσις gehören die mit Nomi-
nativen zusammengesetzten Präpositionen, wie σύνοικος,
und die mit Verben componirten (p. 310, 7—314, 19); zur
παράθεσις dagegen die mit den Casibus obliquis verbundenen Präpositionen (p. 314, 20—316, 13). Es wird zunächst diess letztere an einigen zweifelhaften Fällen ausgeführt (p. 316, 14—321, 16), und dann die σύνθεσις der
Präpositionen mit den Verbis behauptet und vertheidigt
(p. 321, 17—329, 21). In der Mitte der beiden Abschnitte,
deren ersterer zur Syntax des ὄνομα, deren zweiter zur
Syntax des ῥῆμα gehört, stehen die Worte (p. 321, 17):

---

74) Vgl. de adv. 536, 24. Schneider a. a. O. S. 453.

75) S. de synt. p. 309, 1; woraus Schneider (s. oben Anm. 27)
mit Recht schliesst, dass auch von der Syntax der Praposi-
tionen Einiges verloren ist. Vgl Bekk. An. 924, 19.

76) Aus der Voranstellung dieses Wortes geht wiederum hervor,
was wir schon wissen, dass Apollonios später die ἀναστρεφόμεναι προθέσεις besonders behandeln wollte.

Καὶ τοσαῦτα μὲν περὶ τῶν παρατιθεμένων προθέσεων κατὰ τὰς ὀνοματικὰς συντάξεις καὶ τῶν συντιθεμένων· τοῖς γε μὴν ῥήμασι συντάσσονται πάντοτε κατὰ τὴν σύνθεσιν. War bei jener Vertheidigung schon ein Argument von der Verbindung der Präpositionen mit Participiis hergenommen (p. 327, 12—23), so wird nun die Lehre von der Verbindung der Präpositionen mit dem Nomen vervollständigt durch Erörterung der Verbindung derselben mit dem Participium (p. 329, 22—331, 4), mit Pronomen[77]) und Artikel (331, 5—22)[78]).

Nachdem hierauf noch über die Verbindung der Präpositionen mit sich selbst gesprochen ist (p. 331, 22—332, 11), folgt in den drei letzten Capiteln die Syntax der Präpositionen mit dem Adverb[79]). Aus den Worten selbst

---

[77]) Diess ist also vom Standpunkte der Präposition aus das ergänzende Gegenstück zu dem, was im zweiten Buche über die Verbindung der Präpositionen mit dem Pronomen vom Standpunkte des Pronomens aus bemerkt war. S. oben Anm. 47.

[78]) Ich würde hier kürzer gewesen sein, wenn ich nicht sähe, dass selbst Schneider den Gedankengang nicht verstanden hätte. Er meint S. 456: „Es wird (im vierten Buche) die Lehre *περὶ τῶν μετὰ τῶν ῥημάτων συμπαραλαμβανομένων* vervollständigt. [Der Ausdruck *συμπ.* ist ungenau angewendet.] Nur vorbereitend ist dabei der erste Abschnitt *περὶ τῶν παρατιθεμένων προθέσεων κατὰ τὰς ὀνοματικὰς συντάξεις καὶ τῶν συντιθεμένων* (p. 321,17); der wesentlichste Abschnitt ist der, welcher an die Bemerkung angeknüpft wird: *τοῖς γε μὴν ῥήμασι συντάσσονται (αἱ προθέσεις) πάντοτε κατὰ τὴν σύνθεσιν;* und wiederum unwesentlich seiner Stellung nach, und nur als *ἀναπλήρωσις* der einmal berührten Lehre von der *σύνθεσις* und *παράθεσις* der Präpositionen sind die Bemerkungen, die von p. 331, 5 bis zum Schlusse des Buches folgen, über die *παράθεσις* oder *σύνθεσις* der Präpositionen mit Pronominibus und Adverbiis."

[79]) Richtig Schneider S. 456: „Es dürfen demnach auch nicht

freilich, mit denen Apollonios den Uebergang macht (p. 332,
12): ἑξῆς ῥητέον καὶ περὶ συντάξεως τῆς τῶν ἐπιρρημάτων,
folgt diess nicht bestimmt, da es denkbar wäre, dass
Apollonios die Verbindungen der Präpositionen mit Adverbien
zwar vom Standpunkte des Adverbiums, aber im Anschluss
an das Vorhergehende habe darstellen wollen, um sodann
zur Verbindung der Adverbia mit dem Verbum überzuge-
hen. Aber es folgt daraus, dass die p. 309, 1 verspro-
chene, p. 310, 6 angedeutete Erörterung über die προθέσεις ἀναστρεφόμεναι noch nicht gegeben ist. Nur in dem
Falle könnte man in der eben angedeuteten Weise mit
cap. 10 die Syntax des Adverbs beginnen, wenn man annehmen wollte, dass die vermisste Stelle über die Präpositionen nicht nach cap. 12, sondern vor cap. 10 verloren
gegangen wäre. Diese Annahme ist aber an und für sich
nicht im mindesten wahrscheinlich, und wird geradezu
unmöglich durch den Anfang von cap. 11. Denn nachdem
in cap. 10 vorbereitend diejenigen Wörter besprochen sind,
welche wegen ihrer Verbindung mit den Präpositionen
fälschlich für Adverbia gehalten werden (332, 12—336, 21),
beginnt cap. 11, offenbar den Anfang von cap. 10 wieder-
aufnehmend, mit den Worten: ἑξῆς ῥητέον περὶ τῆς πρὸς
τὰ ἐπιρρήματα συντάξεως τῶν προκειμένων μορίων, wodurch der wahre Sinn der Worte im Anfang von cap. 10
περὶ συντάξεως τῆς τῶν ἐπιρρημάτων erläutert wird, so
dass wir also jene nur von der Syntax der Präpositionen
mit den Adverbien (nicht umgekehrt, was an und für sich

---

p. 332, 10 die Worte ἑξῆς ῥητέον περὶ συντάξεως τῆς τῶν ἐπιρρημάτων zu dem Missverstandnisse veranlassen, als beginne
hier die eigentliche Syntax des Adverbiums; nur von der Verbindung der Präpositionen mit Adverbien ist dort die Rede."

möglich wäre) verstehen dürfen [80]. Das zwölfte Capitel
erörtert excursartig die Bildung von ἐξαίφνης.

Es ist nicht zu bestimmen, wie lange Apollonios noch
bei Erörterungen dieser Art verweilt sein mag; jedenfalls
folgte auf sie zunächst die Erörterung der προθέσεις ἀναστρεφόμεναι, dann die Syntax des ἐπίρρημα, zur reinen
Syntax des Verbs gehörig, und in sofern correspondirendes
Gegenstück zur Syntax des Artikels im ersten Buche. Der
künftige Herausgeber des Apollonios wird als einen Theil
derselben die Schlusspartie der Schrift περὶ ἐπιρρημάτων
(p. 614, 26—625, 13) aufnehmen müssen; denn S c h n e i-
d e r's Beweis, dass dieselbe einen Theil des vierten Buches der Syntax ausgemacht habe, ist nach meinem Urtheil über allen Zweifel erhaben, wie ich auch mit Schneider rücksichtlich der Gesichtspunkte übereinstimme, aus
denen Apollonios jene Betrachtungen in der Syntax des
Adverbiums angestellt habe [81]. Den Beschluss machte die
συνδεσμικὴ σύνταξις, und es ist mir nicht wahrscheinlich,
dass Apollonios ihretwegen ein fünftes Buch begonnen
hätte. Wir haben weder Veranlassung, an der Angabe
des Suidas [82] zu zweifeln, wonach die Syntax aus vier
Büchern bestand, noch Grund zu der Annahme, dass Apollonios selbst vielleicht das Werk nicht zu Ende geführt
habe [83]. Dagegen spricht die bestimmte Weise, in der er

---

[80] Diess zur Abwehr von F r o h n e, der behauptet (p. 16): „quem-
admodum etiam eo peccatur, quod libro quarto de praeposi-
tione tantummodo agi putatur, quum adverbii quoque con-
structio, ut quilibet libro evoluto poterit cognoscere, a pag.
332, 12 exordiatur." Vgl. p. 6. Ihm folgte G r ä f e n h a n, Gesch.
d. kl. Phil. 3, S. 150.

[81] A. a. O. S. 457.

[82] S. v. Ἀπολλώνιος.

[83] Eine solche Annahme liegt angedeutet in den Worten S c h n e i d e r's

auf die Syntax des Adverbs und der Conjunctionen verweist; und eben so sehr spricht für die Wahrscheinlich-
keit d e r Annahme, dass ein Abschreiber das ihm vollständig vorliegende Werk unvollständig abgeschrieben habe,
der Umstand, dass derselbe die besonderen Werke über
die Adverbia und die Conjunctionen abgeschrieben hat.
Aus dem Verhältnisse des zweiten Buches der Syntax zu
der besondern Schrift περὶ ἀντωνυμίας und ebenso aus
dem Verhältnisse der zur Syntax gehörenden Schlusspartie
des Werks περὶ ἐπιρρημάτων zu dem eigentlichen Werke
περὶ ἐπιρρημάτων wissen wir, wie sehr sich Apollonios in
verschiedenen Schriften wiederholt, auch wenn er dieselben Gegenstände von verschiedenen Standpunkten darstellt[84]). Diese Wahrnehmung mag den Abschreiber des
cod. Paris. 2548 bewogen haben, die scheinbar vollstän-
digeren, weil umfangreicheren Schriften περὶ συνδέσμων
und περὶ ἐπιρρημάτων statt der kürzeren Abschnitte über
dieselben Redetheile im vierten Buche der Syntax abzu-
schreiben.

Wie Apollonios selbst von der üblichen τάξις der Re-

S. 457: „Dass also Apollonius auch eine σύνταξις τῶν ἐπιρρημάτων schrieb, wenigstens schreiben wollte — ist
klar." Aber Schneider hatte, da er auch noch die Syntax des
ὄνομα vermisste, zu dieser Annahme grösseren Grund, als wir.
Wenn man die Worte Schneider's in Z. f. Alt. 1843. S. 642: „Iste
enim liber praepositionum syntaxi ab Apollonio destinatus est"
urgiren darf, so würde Schneider annehmen, dass die voll-
endete Syntax mehr als vier Bücher umfasst haben würde. —
Eben so wenig ist es gegründet, anzunehmen mit F r o h n e
p. 18 und G r ä f e n h a n a. a. O. 3, S. 151, dass Apollonios nicht
die letzte Feile angelegt habe.

84) Vgl. S c h n e i d e r S. 451. L e h r s im Rh. Mus. N. F. II, S. 119
(jetzt auch in Herodiani scripta tria p. 417). . . .

detheile sagt, dass sie sei ein μίμημα τοῦ αὐτοτελοῦς λόγου, so wird man von seinen Büchern περὶ συντάξεως sagen können, dass sie im Sinne seiner Sprachanschauung
ein μίμημα der in der Sprache wirklich vorliegenden σύνταξις τῶν τοῦ λόγου μερῶν εἰς καταλληλότητα τοῦ αὐτοτελοῦς λόγου seien. Oh freilich diese Sprachanschauung
selbst die richtige sei — das ist eine Frage, deren Be-
antwortung aus dem Standpunkte der neueren Sprachwis-
senschaft wir uns für ein anderes Mal vorbehalten, da wir
zunächst nur eine treue Darlegung des syntaktischen Systems des Apollonios in seinen Grundzügen, nicht eine
Kritik desselben beabsichtigten.

Berichtigungen.
Seite 4, Zeile 15 lies ἐνδεια.
„ 19, Anm. 27, Z. 2 lies 309.

Druck der Universitäts-Buchdruckerei von R. A. Huth in Göttingen.